रोमांचक प्यार

रोमांचक प्यार

एन. के. मंडल

pencil

ISBN 978-93-5458-818-1
© NK Mondal 2021
Published in India 2021 by Pencil

A brand of
One Point Six Technologies Pvt. Ltd.
123, Building J2, Shram Seva Premises,
Wadala Truck Terminal, Wadala (E)
Mumbai 400037, Maharashtra, INDIA
E connect@thepencilapp.com
W www.thepencilapp.com

Author biography

एन. के. मंडल के नाम से जाना जाता है।उनका जन्म 5 मई 1996 को भारत के मुर्शिदाबाद जिले के प्रतापपुर गाँव में एक गरीब मुस्लिम परिवार में हुआ था। पिता सैफुल शेख और मां मेनका बीबी। उन्होंने रुकुनपुर हाई स्कूल से स्नातक किया। हाजी ने एके खान कॉलेज से बीए पास किया। वे पेशे से ग्रामीण चिकित्सक हैं। उनकी उल्लेखनीय पुस्तकें आकाश छोया मान, आनंद पथ, भालोबसर पराश छोया, थमथमपुर, प्रेमर छनका, बिचे, एक्स गर्लफ्रेंड, जामदानी साड़ी, अशर आलो आदि हैं।

CONTENTS

रोमांचक प्यार

रोमांचक प्यार

एनके मंडल द्वारा लिखित उपन्यास में नाहिद और रीना मुख्य पात्र हैं। उनके प्रेम संबंध के बारे में लिखी गई किताबें। हालांकि दूसरे चरण में राजनीति हो रही है। यह उपन्यास एक काल्पनिक कहानी पर आधारित है।यह उपन्यास का पहला भाग है। केवल वयस्कों के लिए निर्धारित।

यह पुस्तक समाज में चल रही गतिविधियों के बारे में लिखी गई है। हालांकि, यह सिर्फ एक काल्पनिक कहानी है, जो डेली हंट ऑफ इंडिया में प्रकाशित हुई है।

लेखक जाना जाता है

एनके मंडल के नाम से जाना जाता है। टीना का जन्म का नाम सलीम शेख है। उनका जन्म 5 मई 1997 को भारत के मुर्शिदाबाद

जिले के प्रतापपुर गाँव में एक गरीब मुस्लिम परिवार में हुआ था। पिता सैफुल शेख और मां मेनका बीबी। उन्होंने रुकुनपुर हाई स्कूल से स्नातक किया। हाजी ने एक खान कॉलेज से बीए पास किया। वे पेशे से ग्रामीण चिकित्सक हैं। उनकी उल्लेखनीय पुस्तकें आकाश छोया मान, आनंद पथ, भालोबसर पराश छोया, थमथमपुर, प्रेमर छनका, बिचे, एक्स गर्लफ्रेंड, जामदानी साड़ी, अशर आलो आदि हैं।

प्रेम

बंगाल का हरा-भरा गांव। बंगाल के रास्ते और घाट सभी खूबसूरत हैं। अधिक सुंदर गाँव के लोगों का मन। साधारण भोला अच्छा आदमी है। ऐसे बुरे लोग नहीं हैं। कुछ पढ़े-लिखे हैं। कुछ मौजूदा साज़िशें हैं। फिर कई गांवों में बुरे लोगों की संख्या अधिक है। ऐसा ही एक गांव है थमथमपुर।कहां ऐसा काम नहीं होता है, कहना मुश्किल है। गांव हिंदुओं और मुसलमानों से घिरा हुआ है। वहाँ मुसलमानों का सत्तर प्रतिशत। तीस प्रतिशत हिन्दू। उस संबंध में हिंदुओं और मुसलमानों के बीच महान समानता। कोई परेशानी नहीं। मुसीबत। संसद नंबर 10 में पचास फीसदी हिंदू रहते हैं। और पचास प्रतिशत मुसलमान। एक और संसद, ग्यारहवीं संसद, सौ प्रतिशत मुसलमानों से घिरी हुई है। संसद संख्या 10 में बाजार, बैंक, स्कूल, राशन की दुकानें और यात्रा के मुख्य केंद्र हैं। ग्यारहवां संसद

क्षेत्र। हालांकि, भैरब नदी बहती है। लेकिन उसके पास नदी में पानी नहीं है। अगर पूरे साल पानी है, तो बहुत सारी मछलियाँ हैं। और खेत में बहुत सारी मछलियाँ थीं। गांव के मुस्लिम समाज में अंधविश्वास, हमेशा हिंसा और संघर्ष में शामिल। मुसलमान एक तरह की बड़ी ईर्ष्यालु होते हैं। शेख पारा के पास जाना मुश्किल है। हिंसा और हिंसा। राजनीतिक धौंस जमाने की बात स्वीकार की। एक मुस्लिम समाज है। लेकिन इस्लाम काम से ज्यादा महत्वपूर्ण है। हर शाम प्रचार किया जाता है। यानी यह इस्लामिक न्योता देता है। मुसलमानों में कुछ अच्छे लोग। वे समाज को बेहतर बनाना चाहते हैं। लेकिन क्योंकि यह बुरे लोगों से भरा है। मैं आसानी से बेहतर रास्ते पर नहीं आना चाहता। अब, निश्चित रूप से, कुछ टीम में शामिल हो गए हैं। गांव में सूदखोरों की भरमार है। गणना करना कठिन है। जो हिन्दू समाज की प्रथा है। अब यह इस गांव में एक बड़ा व्यवसाय है। कुछ विकारी भी धनी हो गए हैं। नाहिद शेख पारा में रहता है। माता-पिता का इकलौता पुत्र। एक बहन भी है। लेकिन छोटा। उम्र करीब छह से सात साल की होगी। अभी दूसरा ग्रेडर है। पढ़ाई में भी अच्छा। कहावत है कि परिवार अच्छा है तो बच्चे भी अच्छे हैं। नाहिद अब अठारह या उन्नीस वर्ष की होगी। थमथमपुर हाई स्कूल के हायर सेकेंडरी के छात्र। अच्छा परिणाम प्रत्येक वर्ष। उन्हें गांव से ज्यादा प्यार है तो रीना के. रीना रमजान मातब्बर की बेटी हैं। कुचुते मतबार। लेकिन यह बहुत बेहतर है। यह कोई नहीं

जानता। मन कोमल है पर शासन करना कठिन है। गांव के अच्छे लोगों के साथ-साथ उससे नफरत भी की जाती है. इनमें नाहिद के पिता भी शामिल हैं। नाहिद के पिता एक कम पढ़े-लिखे व्यक्ति हैं। लेकिन सिर पर कोई सांचा नहीं है। गरीब लोग। लेकिन अब बहुत से लोग उससे ज्ञान लेते हैं।

(2)

वह दिन शनिवार था। रीना शाम से खुद को तैयार कर रही है। काम नहीं चलता। मतब्बर की बेटी। रीना बहुत ही मॉडर्न और स्मार्ट लड़की है। बार-बार खुद को आईने में देख रहे हैं। और चेहरे पर ढेर सारी नई सजाएं दी जा रही हैं. इल्यूजन एचटी, एक बार चेहरे को लगाया और तरोताजा कर दिया। उन्होंने अपने बालों में कंघी की। वह अपनी मां के पास गया और उसके बाल बांध दिए। फिर से घर आ गया। खिड़की के पास एक अलमारी थी। महालक्ष्मी अल्ता ने इसे वहीं से ले लिया। बोतल में एक ब्रश था उसने अपने मन के अनुसार ब्रश को अपने पैरों पर रख लिया। कई कांच की चूड़ियों के बाद उसने फिर से खुद को आईने में देखा। अब रीना और रीना चले गए हैं। अब वह सुंदर महिलाओं की देवी हैं। क्या अच्छा लग रहा है। आंखें ढकी हुई लगती हैं। जिस समय वह अपने गालों पर हाथ रखकर सोच रहा था, वह एक तरफ की तरह लग रहा था। जीवन उड़ने जैसा है। पीछे मुड़कर देखने पर मोबाइल टेबल पर मुड़ा हुआ

है। रीना ने कहा, अरे अब फिर कौन। सोचते-सोचते खाने से कोई काम नहीं होता। गुटी गुटी ने उसकी ओर देखा। मोबाइल की त्वचा पर टेक्स्ट तैर गया है" आप कैसे हैं विपरीत ने उत्तर दिया। तुम किस पर हंस रहे हो? अरे मुस्कान कहाँ हैं? मुझे समझ नहीं आ रहा है। आप इसे नोटिस करें। हाँ वहाँ जाना है। मैंने अभी यह किया है। आप आ सकते हैं। तुम मेरा विश्वास करो। मैं इसके विपरीत नहीं सोचता क्योंकि मेरे पास है। ठीक है, मैं आम के बाग में खड़ा रहूँगा। आपको केवल कुछ मिनट चलना है। मैं जा सकता हूं। आपको चिंता करने की जरूरत नहीं है। आपको अन्य लोगों के प्रति जो सहायता प्रदान करते हैं, उसमें आपको अधिक भेदभावपूर्ण होना होगा। नाहिद ने यह कहते हुए फोन छोड़ दिया कि यह ठीक है। नाहिद और रीना प्यार में हैं। इतना प्यार करते हैं कि कोई किसी को नहीं छोड़ता। कुछ लड़कों ने रीना को गुमराह कर भ्रमित करने की भी कोशिश की। उस मोहल्ले का सुजान। सुजान भी रीना से बहुत प्यार करती है। उसने कहा। रीना, आपको कुछ कहना है। हाँ, बताओ क्या कहना है। मेरा मतलब यह नहीं है कि इसे अब यहां नहीं कहा जा सकता है। यह एक खुली जगह है। तो आप कहां कहना चाहते हैं। मेरा मतलब है, इसे गुप्त रूप से कहना बेहतर है। गुप्त रूप से क्यों। नहीं, यह एक महत्वपूर्ण बात है। ओह। ठीक है। हमारे घर आओ। ओह, पिता, अगर आपके पिता आपको एक बार देख लेंगे, तो वह मुझे निराश नहीं करेंगे। यहां नहीं तो कहने की

जरूरत नहीं है। ठीक है सुनो मैं कह रहा हूँ कि तुम अच्छे हो। मुझे कुछ भी याद नहीं है, रीना। मुझे बताओ। बुरा मत मानो। बात यह है कि नाहिद रहमान का अपने चचेरे भाई की बेटी के साथ अफेयर चल रहा है। आप उसे पहचानना गलत हैं, रीना। अभी भी समय है। नाहिद से नफरत है। लड़का अच्छा नहीं है। इतना कहकर रीना ने तेल में पर्पल चमका दिया। उसने कहा कि तुमने मुझे पागल कर दिया। तुम जो कहोगे मैं मान लूंगा। अगर नाहिद सौ लड़कियों के साथ फ़्लर्ट करता है, तो भी वह मेरा टोल लेता है। मेरे सामने भी नहीं। तुम अभी मुझसे दूर चले जाओ। नहीं तो मैं तुम्हारा ख्याल रखूंगा। मैं नाहिद को अपने पास से हटाना चाहता हूं। मैं आपको नहीं जानता मुझे पाने के लिए आप क्या कर सकते हैं? सुनना। मैं, जब तक ये रीना ज़िंदा है नाहिद मेरी है। मैं होऊंगा। इसे कोई नहीं ले सकता। यदि आप मुझे बस में पसंद नहीं करते हैं, तो मुझे कोई समस्या नहीं है। मैं जीवन भर प्यार की याद के साथ रहूंगा। इस समय। उसे मेरे सामने से हटाओ।

(3)

शाम हो चुकी है। गांव अंधेरे में डूबा है। गांव की सड़कों पर रोशनी नहीं है। नतीजतन, यह अंधेरा है घर में सभी सो गए हैं। कुछ कुत्ते बुला रहे हैं। चीख़ने वाले कीड़े चीख़ रहे हैं, सिर खराब हो रहा है। अचानक मोबाइल पर एक क्रिंग मैसेज आया। मैं गया हूं। तुम कहाँ

हो? मैं घर पर हूँ। बस जा रहा हूँ। रुकना। मैसेज के जवाब को छोड़कर वह पिछले गेट से बाहर आ गया। घर के सामने एक तालाब है। आपको गोता लगाना है। इसके अलावा, एक और रास्ता है जो गांव का मुख्य मार्ग है। आप वहां नहीं जा सकते। क्योंकि कोई देख सकता है। तो आपको तालाब पार करना होगा। तालाब में पानी नहीं है। कुछ दिन पहले पाठ को पानी में डुबोया गया था। तालाब पार करने के बाद एक से दो मिनट पैदल चलें। छोटे जंगल का रास्ता। सड़क पार करने के बाद आखिरकार नाहिद को देखा गया। नाहिद एक लाल महिला साइकिल के नीचे एक लंगड़े आम के पेड़ पर खड़ा है। बिल्कुल शहर की सूरत एक राजा की तरह। क्या बात है आपको आने में इतना समय लग रहा है। देखें कि लड़की पैदा होने में कितना समय लगता है। नहीं, नहीं, आपको छुरा घोंपने की जरूरत नहीं है। मुझे मत बताओ कि आज क्या खाना चाहिए। तुम बताओ क्या खाना चाहिए। नहीं तुम कहते हो। अगर मैं कुछ नहीं खा सकता। अगर मैं आपकी एक भी इच्छा पूरी नहीं कर सकता। लेकिन क्या तुम मुझसे प्यार करोगे? आप पीछे क्या कह रहे हैं। भले ही तुम कुछ न दे सको, मैं हमेशा तुम्हारा हूँ। कोई दूसरा नहीं। सचमुच। हाँ जाओ हाँ। तुम जो खाओगे मैं खरीद लूंगा। मैं यह सब नहीं जानता। आज ही मेरे लिए एक सुंदर गुड़िया खरीदो। इच्छा। ठीक है, अब और बात नहीं, बैठ जाओ। देर हो रही है। बॉक्सीगंज को बहुत आगे जाना है। आठ किलोमीटर। जाने के लिए

रात के सात बज रहे होंगे। रीना ने कहा, मैं लंबे समय तक नहीं रह सकता। मैं लगभग एक घंटे में वहाँ पहुँच जाऊँगा। यह होगा। ठीक है। आप अपना चेहरा अच्छे से ढक लें। नहीं तो मेले में गांव के कई लोग होंगे। एक नजर डाल सकते हैं। हल्की सर्दी की रातें। बहुत मज़ा हैं। प्यार करने वाले लोग होते हैं। कितनी खूबसूरत लगती है। और थोड़ी देर बाद वे बॉक्सीगंज में मेले में पहुंच सकेंगे। खैर, रीना, अगर आपके घर के लोग आपको ढूंढ रहे हैं। तब मुझे परेशानी होगी। नहीं तो। उसे पढ़ना चाहिए। मैं लड़का नहीं हूँ, मैं मुसीबत में नहीं पड़ूँगा, क्या करोगे। और क्या करना है। आप मेरी आखिरी उम्मीद। ये सही है। यह यहाँ है। रीना, तुम एक काम करो। क्या काम। मंद रौशनी में वहाँ खड़े हो जाओ मैं साइकिल गैरेज में छोड़ रहा हूँ। ठीक है, जाओ। नाहिद अपनी साइकिल गैरेज में छोड़कर रीना के पास आ गया। चलो मैडम। किस ओर जाएं। तुम कहो चलो पहले कॉफी पीते हैं। बाद में मिलते है। साइकिलिंग आपके शरीर को ठंडा बना रही है। आ जाओ। नाहिद कॉफी हाउस गया। माफ करना भाई। दो मध्यम कॉफी दें। हम उस कोने में टेबल पर बैठे हैं। कुछ ही मिनटों में कॉफी आ गई। मैंने इसे खाना शुरू कर दिया। खाना खाते समय दोनों के बीच कुछ निजी बातचीत होती है। रीना ने कहा कि मैंने खाना खत्म कर दिया है। मैं बिल लेकर आ रहा हूं। अरे तुम्हारा मतलब बिल का भुगतान करो। मैं इसे आपके पास ला रहा हूं। मैं बिल का भुगतान करूंगा। नहीं, मैं दे रहा हूं। तुम बचाओ पैसा

शादी के बाद खर्च हो जाएगा.कैसे. नाहिद कुछ देर हंसा। यह एक तरह की लड़की है रे बाबा। एक और लड़की ने अपने प्रेमी के पैसे से धमाका कर दिया। और रीना बिल्कुल अलग है। जब तक रिश्ता रहा है। सब कुछ उसे खर्च होता है। सच में लड़की कई खूबसूरत दिमाग वाले लोग। अच्छे कर्मों के बिना वह बुरे कामों को बिल्कुल भी पसंद नहीं करता है। रीना बिल लेकर आई और बोली, क्या बात है, क्या सोच रहे हो। यह मिस्टर लेट्स गो। ओह हां। अब मैं मेले के चारों ओर देखूंगा। नहीं होगा क्यों नहीं, देखने आ जाओ। नहीं तो। हाँ, श्रीमान, हाँ। दोनों बॉक्सीगंज के मुख्य मेले की ओर बढ़े। बॉक्सीगंज शहर जैसी जगह है। अच्छी जगह। थमथमपुर से लगभग आठ किलोमीटर। वहाँ क्या नहीं है। सब कुछ उपलब्ध है। वह कभी-कभी कोलकाता से फिल्मों की शूटिंग के लिए भी यहां आते हैं। रोचक जगह। कॉलेज, पुस्तकालय, अस्पताल, रेस्तरां, अच्छे बाजार। पूरा बाजार जगमगा उठा। गांव को देखकर कोई नहीं सोच सकता कि यह गांव है। नाहिद ने कहा, वह नीला है। आप रीना को देख सकते हैं। हाँ मैं कर सकता हूँ। उसे बुलाएं। दे रहा है। नाहिद ने अपने मोबाइल फोन पर नंबर डायल किया। नीलार का मोबाइल जोर से बज उठा। नीला ने फोन पर कहा। क्या बात है सर जी? इस बार फोन करें। वह मैं फिर से हूं। मैं समझता हूं कि मैं फोन नहीं कर सकता। बेशक वह कर सकता है। नाहिद ने निलार की ओर

इशारा करते हुए कहा कि हम आपको देख सकते हैं। नीला को भी देखकर उसने हाथ हिलाया। और नाहिद की तरफ आते रहे।

(4)

नीला रीना और नाहिद की सहपाठी है। यह उसका घर है। एक बहुत ही खूबसूरत लड़की। जोड़ी गोरी है। पिता की इकलौती बेटी। माता-पिता की शादी प्यार में हुई थी। नीलार का परिवार सुशिक्षित है, इसी गांव में रहता है। इसे गांव कहना ठीक नहीं होगा। मुझे शहर कहना है क्योंकि वहाँ नहीं है। सभी उपलब्ध। नीला ने आकर कहा। तुम लोग यहाँ हो। आज रात। क्या बात है क्या हम नहीं आ सकते, या। मुझे आश्चर्य नहीं है कि क्यों। चलिए चलते हैं। कहा पे। हमारा घर फिर कहाँ है। मैं आज तुम्हारे घर नहीं जाऊँगा। मैं एक दिन बाद जाऊंगा। आज मैं उसके साथ थोड़ा बाहर गया। ठीक है। फिर मैं जाऊंगा। जस को एक दिन यात्रा करनी होगी। चलिए चलते हैं। नीलाव एक समय में नाहिद से बहुत प्यार करता था। बाद में पता चला कि रीना के साथ संबंध हैं। इसलिए उन्होंने अपने प्यार का इजहार नहीं किया। मेले का आयोजन सुचारु रुप से किया गया है। उसने काफी देर तक इधर-उधर देखा। फुचका, जिलिपी खेलो दुजाने। दो चोरी की। रीना के. दो चोरी पाकर रीना बहुत खुश है। रीना ने घूमने के बाद कहा। अब मुझे घर जाना है। तुम घर जा रहे हो, तो चलिए चलते हैं, आप थोड़ी देर खड़े रहें। मैं साइकिल लाता

हूं। रीना फिर साइकिल पर बैठ गई। वह आम के बाग में उतर आया। नाहिद ने कहा चलो थोड़ा आगे चलते हैं। जंगल। आप इसे दे सकते हैं। उस समय रीना नाहिद के होठों की ओर देख रही होती है। क्या बात है, तुम ऐसे क्यों दिख रहे हो, मुझे शर्म नहीं आती। नहीं, मुझे ऐसा नहीं लगता। मेरे लिए क्या शर्म की बात है। तुम बस मेरे हो। मैंने तुम्हें वह सब कुछ दिया जो मेरे पास था। रीना ने उसकी तरफ देखा तो उसने गले से लगा लिया और नाहिद को किस कर लिया। नाहिद को खुद नहीं पता। नाहिद उत्तेजित हो गया और उसे भी किस करने लगा। अपने हाथों को अपने स्कैल्प और बालों पर लगाएं। बढ़िया समय। कितना अंतरंग संबंध है। चुंबन की प्रक्रिया करीब पांच मिनट तक चली। फिर रुक गया। इस बार रीना बहुत खुश है। और इसके साथ शर्म आ गई। नीचे देख। नाहिद ने अपनी ठुड्डी को हाथ से उठाया और कहा, शर्मिंदा होने की जरूरत नहीं है। मेरी दुल्हन मेरी पत्नी है। अब घर जाओ। और सावधान रहें। घर जाओ और मालिश करो। जब तुम घर जाओगे तो मैं जाऊंगा। तुम जाओ मैं जा सकता हूँ रीना फिर से तालाब को पार करती है और घर की खिड़की से अपने घर में प्रवेश करती है। और मालिश नाहिद के. वह घर पहुंच गया है। नाहिद शांति से अपने घर के लिए निकल गया।

(५)

परीक्षा का परिणाम सोमवार को घोषित किया जाएगा। स्कूल से परीक्षा पास करने के बाद ही स्कूल के अधिकारी हाई स्कूल को बोर्ड को भेजेंगे।तो उस दिन दोनों परीक्षा का परिणाम जानने गए थे। रीना और नाहिद दोनों अच्छे विद्यार्थी हैं। तो यह अच्छे परिणाम देगा। उनका उन पर विश्वास है। सभी छात्र नोटिस का इंतजार कर रहे हैं। हेड टीचर का रिजल्ट कब आएगा। अंत में ग्यारह बजकर चालीस मिनट पर चपरासी का रिजल्ट नोटिस बोर्ड पर चस्पा कर दिया गया। परिणाम देखने के लिए सभी दौड़ पड़े। अभी बहुत भीड़ है। भीड़ कम होने पर आप देखेंगे। आधे घंटे में ही भीड़ कम हो गई थी। रीना और नाहिद रिजल्ट देखने गए थे। दोनों बीत चुके हैं। अच्छी संख्या है, लेकिन रीना की संख्या बहुत कम हो गई है। उन्होंने इस बार अपनी पढ़ाई कम कर दी है। हालांकि नाहिद ने उन्हें कई बार डांटा। नाहिद ने रीना को मन लगाकर पढ़ने को कहा। घर जाओ और कुछ झाड़ियाँ खेलो। रमजान मातब्बर को। मुझे लगा था कि आप गांव का चेहरा रौशन कर देंगे, लेकिन ऐसा करने से मेरे मान का सम्मान होगा। अगले तीन महीने यह अच्छा पढ़ेगा। और मैं कल से फजल मिया को बताऊंगा। आप उसे पढ़ सकते हैं। फ़ज़ल मिया उस्ताद की तरह अच्छी नहीं है। रीना कहती है कि मैं उसके साथ पढ़ने नहीं जाऊंगी पापा। वह एक अलग व्यक्ति है। असभ्य आंखें। आपको फजल मिया जाना है। रीना किसी और वजह से नहीं जाना चाहती। रात में पढ़ना। इतना ही नहीं बदमाश सुजान वहीं

गिर पड़ा। कौन जानता है कि क्या होगा। तो वह डरा हुआ है, लेकिन रिनर में अपने पिता को बताने की हिम्मत नहीं है। तो अगले दिन मैं मिस्टर फजल के घर पढ़ने जा रहा हूँ। शाम को। सर्दियों का समय। अंधेरा। बेशक हाथ में मशाल है। मुझे बहुत जाना है। यह करीब आधा किलोमीटर का होगा। जगह-जगह छोटे-छोटे जंगल। फिर से थोड़ी जगह है। फिर से कहीं बस जाओ। गांव में और क्या होता है। हर दिन निजी तौर पर सुजान के साथ। अब सुजान बहुत खुश है। चूंकि, रीना को प्रभावित करना बहुत अच्छा होगा। एक दिन उसने कहा। अच्छा, मैं रीना को ले लूँगा। मैं तुमसे बहुत प्यार करता हूँ। मैं शादी करना चाहता हूं। मुझसे शादी करोगी हाँ मैं सहमत हूँ अगर तुम मुझे अंतहीन प्यार दे सकते हो। मैं कर सकता हूं। हाँ मैं कर सकता हूँ। सचमुच। ठीक है, तो मैं तुम्हारे लिए क्या कर सकता हूँ। क्या करना है इस पर एक नज़र डालें। अगर मैं कहूं तो मुझे आज यहां अपने शरीर की जलन से छुटकारा पाना है। मैं कर सकता हूं। सुजान मन ही मन कहती है, कब तक। मैं हर दिन गर्म बात करता हूं। प्यार में नहीं। मैं खूबसूरत लड़कियों को जानता हूं। वे किस लिए प्यार करते हैं? क्या सोच रहे हो? आज मेरे साथ एक घंटा भी नहीं बिता सकता। मैं क्यों नहीं, मैं उस पथ का यात्री हूँ। आप नहीं जानते नाहिद आपको यह कभी नहीं देगा। सुनो, मैं तुम्हें जानता हूँ, तुम क्या लड़के हो। आप जैसे लोग गंदी बातों के अलावा कुछ नहीं सोचते। आपने अच्छी बात कही। नाहिद मुझे ये

नहीं देंगे। मुझे पता है कि वह कितने महान हैं। इसलिए मैं उससे प्यार करता हूं। और मुझे आप जैसे दोस्त नहीं चाहिए। और मैं कल से निजी तौर पर नहीं आ रहा हूं। ठीक है, मत आना। आज यह मुझे खुश करता है। इतना कहकर उसने रीना को सड़क के किनारे पकड़ लिया। घास पर गिर जाता है। घास पर लुढ़कना। वे दोनों अपने आत्मविश्वास से निपटते हैं क्योंकि वे अपनी खेल गतिविधियों को शुरू करना चुनते हैं। रीना खुद को बचाने की पूरी कोशिश करती है। लेकिन यह विफल होना जारी है। कई बार ब्रेस्ट पर, मैं अपना हाथ अपने मुंह में डालने जा रहा था। कपड़े थोड़े फट जाते हैं। उस समय नाहिद देवदूत की तरह पहुंच गया। नाहिद ने सुजान का कॉलर पकड़ लिया और उसे पीटना शुरू कर दिया। नाक पर वार करो। खून खौल रहा है। सुजान अब सक्षम नहीं है। वह दौड़ता है। रीना जोर जोर से रोने लगी। मेरे साथ क्या हुआ था? नाहिद, मैं तुम्हें अपना चेहरा नहीं दिखा सकता। क्या बात है, चलो घर चलते हैं। आज मैं आपके घर आया हूं। अब गली में कोई नहीं है वह रीना को घर ले गया। घर में रमजान मतब्बर नहीं था। किसी को पता नहीं चल सका। केवल माँ ही जानती थी। माँ बहुत शान्ति देती है। नाहिद एक घंटे तक रीना के घर में रहेंगे। समझाऊंगा। ड्रेस पहनकर रीना घर आ गई। दरवाजा पटक कर बंद हो गया। भूल जाओ क्या हुआ रीना। सोचो तुम्हें कुछ नहीं हुआ। मैं यहाँ हुं। मैंने आपको कभी गलत नहीं समझा। मुझे अभी भी समझ नहीं आ रहा है। आप कोई

पागलपन नहीं करेंगे। चाची, चाची माँ। क्या हुआ पापा? चावल होता है। एक पिता है। उसे लाओ। मैं तुम्हें खिलाऊंगा। इधर रीना की मां को पता चलता है कि नाहिद का रीना से रिश्ता है। वह बिना कुछ कहे खाना लेने जाता है और सोचता है कि नाहिद एक अच्छा लड़का है। रिश्ता हो जाए तो अच्छा होगा, लेकिन दूसरी तरफ हार होगी। भोजन लाओ। यह पिताजी नहीं है। देखें कि क्या खाना चाहिए। अच्छा, पिताजी, मैं आपको कुछ बताता हूँ। आप किस बारे में बात कर रहे हैं, चाची? क्या इसका मतलब यह नहीं है कि आप दोनों एक दूसरे से प्यार करते हैं? कुछ देर बाद उसकी मौत हो गई। तभी रीना की मां कहती हैं कि मेरे पापा को मुझसे कोई दिक़्कत नहीं है. अपने चाचा और भाई का ख्याल रखना। नहीं तो फिर खतरा है। नहीं आंटी कुछ नहीं होगा। हमें आशीर्वाद दीजिये। नाहिद थोड़े से चावल मिलाते हैं। रिनर ने उसे अपने मुँह में डाल लिया। कई बार खिलाने के बाद। रीना अपने हाथों से खेलती है। नाहिद ने रीना के सिर पर हाथ रखा और शांति से घर आ गया। नाहिद रात भर सो नहीं पाया। एपस ओपस रात उसे काटती नहीं है। वो सिर्फ अपने बारे में सोचता है, वह सुजान मौका मिलने पर नहीं जाएगी। उसके दिल पर वार करो। एक न एक दिन बदला जरूर लेगा।

(2)

रमजान के प्यारे दोस्त सादिक अली। सब उसे सादिक कहते हैं। वह उतना ही चालाक है लेकिन रमजान की तरह पढ़ा-लिखा है। समाज का एक और पागल। लड़के पढ़े-लिखे हैं। कुछ डॉक्टर हैं, कुछ मास्टर हैं। सबसे छोटा बेटा आशिक अली। वह कुछ समय से महारत हासिल कर रहा है। गांव के स्कूल में मिला। प्राथमिक विद्यालय शिक्षक। उसे अच्छा वेतन भी मिल रहा है। शादी के लिए दुल्हन की तलाश की जा रही है। मोहल्ले का आशीर्वाद कह कर दुल्हन हमारे घर में है अंकल। नियामत सादिक अली का काम करने वाला आदमी है। सादिक के साथी। एक ही समय में छोटे से बड़े हो गए हैं। एक दोस्त की तरह वरदान किसे कहते हैं। अरे अंकल हमारे रमजान की छोटी बच्ची है। ये सही है। मारना बिल्कुल भूल गया। लड़की अच्छी है, सुंदर। वह पढ़ाई में भी बहुत अच्छा है। ठीक है, असिक रमजान की बेटी से शादी करेगा। मैं कल रमजान बताऊंगा। खैर, नियामत करीम की ज़मीन का क्या हुआ? क्या भूमि जीवित रहने के लिए सहमत हो गई है? नहीं चाचा। करीम लोग अलग तरह से जानते हैं। कितना पागल। जो बिना पागल हुए समाज को घुमा रहा है। या लोग अब उसके पास जा रहे हैं। कुछ लोग उसके साथ घूम रहे हैं। आप आशीर्वाद जानते हैं, आदमी अच्छा है। लेकिन अगर मैं लोगों को इस तरह एक अच्छी बुद्धि देता हूं, तो मेरा राज्य कुछ समय बाद नहीं रहेगा। पंचायत वोट सामने मस्तक ठंडा रखें। कुछ दिनों बाद सादिक अली रमज़ान से मिले। क्या बात है

मिया। इस बार आपके बूथ पर कोई पार्थी नहीं है। मेरे खिलाफ लड़ने की हिम्मत किसमें है? वह है। मेरे बूथ में कुछ डर है। कौन है वह आदमी करीम? हाँ भाई रमजान। मेरे ज़ख्मों पर नमक मलने की बात करो - डी'ओह! बेटी की शादी में देरी नहीं करेंगे। मुझे भुगतान करना होगा। यह बड़ा हो गया है। तो मैं कह रहा था कि मुझे मेरी आसिक महारत हासिल है तो मैं कह रहा था कि मैं शादी नहीं करता। लेकिन शब्द बुरा नहीं है, सादिक। वह अच्छा रहेगा। अब बात करते रहो। मैं बाद में चर्चा करूंगा। देखिए, मैं लड़के के पिता होने की बात कर रहा हूं। मै सोच रहा हूँ। ठीक है, सादिक तुम्हारे बेटे से शादी करेगा। मैंने यह वादा किया था। मैदान पर बैठे हैं। मैं कल तुम्हारे घर जाऊंगा, सादिक। हमें कहीं बैठना है। हालांकि पार्टी नहीं, मैं गांव के मुखिया की हैसियत से चर्चा में बैठूंगा। आप अब जाइए। सादिक मताब्बर शिक्षित, लेकिन दिलचस्प भी। रमजान के मातब्बर की कई जमीनें। करीब दो सौ बीघा। एक बेटा और एक बेटी। बड़ी संपत्ति का मालिक है। रमजान पढ़े-लिखे नहीं बल्कि दो बूथों के कप्तान हैं। समाज उसके हाथ में है। रमज़ान रात को घर में बिस्तर पर लेट जाता है और गिन्नी से कहता है, तुम रीना की माँ को जानती हो। मैं आज दोपहर बगीचे में सादिक से मिला। यही हुआ भी। नहीं, ऐसा कुछ नहीं हुआ। रीना शादी की बात कर रही थी। तुम्हारी किस बारे में बोलने की इच्छा थी? उस मोहल्ले के सादिक मतब्बर के सबसे छोटे बेटे रीना की शादी। बेशक, प्रस्ताव

सादिक का है। मैं कहता हूं कि अब इसे छोड़ दो। क्यों छूटे, शादी नहीं करनी है। भरना पड़ेगा। आपको एक अच्छे लड़के की तलाश करनी है, आपको पांच जगहों की तलाश करनी है। और इसके अलावा रीना की राय की बात है तो नहीं। बस, इतना ही। मातब्बर ने कहा, हमें गांव में शादी करनी है। मेरी एक बेटी है। मत दो, हम ठीक हो जाएंगे। करीम के बेटे को गांव में देखकर अच्छा लगता है। हाँ अल जो मुझे बहुत बकवास लगता है, ऐसा लगता है कि बीटी मेरे लिए भी नहीं है। लेकिन लड़का करीम समाज को ज्ञान देता है। इसलिए मुझे यह पसंद नहीं है। मैं पागल हूँ, अगर लोग उनके ज्ञान का पालन करें तो मेरा क्या होगा। सम्मान होगा। आइए देखते हैं। इसलिए मैं अपनी बेटी को सादिक के घर नहीं दे रहा हूं। हे शाला ने मेरी जमीन हड़पने के लिए यह प्रस्ताव रखा है। ऐसे में मैं करीम के बेटे से शादी करूंगा। मैं कुछ कहूंगा। मुझे बताओ क्या कहना है। दोस्तों, उनके बीच एक रिश्ता है। वे दोनों एक दूसरे से प्यार करते हैं। मुझे नहीं पता था कि वह क्या था। मैं जानता हूँ। तब कोई समस्या नहीं थी। ठीक है, सो जाओ। रमजान सोने लगा। रमजान राजनीतिक रूप से चालाक है लेकिन लड़कों और लड़कियों के साथ चालाक नहीं है। प्यार की इज्जत देना जानता है। क्योंकि उसकी शादी रीना की मां से हुई थी। उसकी एक महान कहानी है। मैं जानता हूँ। तब कोई समस्या नहीं थी। ठीक है, सो जाओ। रमजान सोने लगा। रमजान राजनीतिक रूप से चालाक है लेकिन लड़कों

और लड़कियों के साथ चालाक नहीं है। प्यार की इज्जत देना जानता है। क्योंकि उसकी शादी रीना की मां से हुई थी। उसकी एक महान कहानी है। मैं जानता हूँ। तब कोई समस्या नहीं थी। ठीक है, सो जाओ। रमजान सोने लगा। रमजान राजनीतिक रूप से चालाक है लेकिन लड़कों और लड़कियों के साथ चालाक नहीं है। प्यार की इज्जत देना जानता है। क्योंकि उसकी शादी रीना की मां से हुई थी। उसकी एक महान कहानी है।(2)

और हाईस्कूल की परीक्षा में कुछ ही दिन बचे हैं। अत्यधिक तनावपूर्ण अध्ययन। दोनों कदम बढ़ा रहे हैं। रीना फजल मास्टर से बाहर हो गई हैं। रीना रितु मैडम को पढ़ाने आती है। रीना के घर पर। रीना की मां ने इसे ठीक किया। तभी रीना के मोबाइल की घंटी बजी। एक रिंगटोन थी, उन्होंने कहा पसंदीदा और पसंदीदा ... पिताजी पकड़ नहीं सकते क्योंकि वह सामने हैं। फोन कई बार बजा। फिर बंजर। तभी रीना के पिता ने कहा। रीना ... मेरी माँ का फोन पकड़ो। वह फोन लेकर कमरे के अंदर आ गया। हैलो, अब पिताजी हैं। मैं बाद में फोन करूँगा। रमजान अली अचानक रीना के कमरे में घुस जाता है। रीना डर गई। रमजान पूछता है, क्या बात है माँ। तुम किससे बात कर रहे थे? रीना डर गई। आंखें झपक रही थीं। रमजान की प्यारी बेटी। कभी नहीं मारा। उन्होंने कभी धमकी भी नहीं दी। लेकिन उनके इस किरदार को देखकर हर कोई डर जाता है. ऐसे में रीना भी मिल जाती है। गांव के अंतिम शब्द उनके

शब्द हैं। मुझे बताओ, माँ। रीना नहीं बता सकती। रमज़ान रीना नाम की लड़की के पास बैठता है और अपना सिर हिलाता है। मुझे डर लग रहा है। मैं तुम्हारे जितना बुरा नहीं हूँ माँ। आप नाहिद से बात कर रहे थे। पिता के मुंह से नाहिद की बातें सुनकर रीना डर गई। डरा हुआ। क्या आप नाहिद से प्यार करते हैं? कुछ मत कहो। माँ रे मैं सब कुछ जानता हूँ, तुम्हारी माँ ने मुझे सब कुछ बताया। मैं तुम्हारी शादी नाहिद से करूंगा। मे वादा करता हु। सच में पिताजी। हाँ माँ हाँ। रीना अपने पिता को गले लगाती है। पापा हम आपसे बहुत डरते हैं, लेकिन आप वाकई बहुत अच्छे हैं। ठीक ठीक है माँ। नाहिद को कल घर आने के लिए कहो। और परीक्षा के दौरान इन दोनों पर ध्यान दें। कहानियाँ सुनाने के लिए बहुत समय है। एक बार फिर पंचायत चुनाव मुझे ढेर सारे काम करने हैं। पिताजी, मुझे आपको एक शब्द देना है। मुझे बताओ। आप समाज में गंदा काम और राजनीति नहीं करेंगे। बहुत से लोग आपको बुरा कहते हैं। मुझे सुनना पसंद नहीं है। नहीं, माँ, ऐसा मत कहो। मैं इसे आपके जीवन में नहीं रख सकता। खुद भगवान भी नहीं। क्यों पापा क्यों। हर कोई मेरे बाहर देखता है और कोई मेरे अंदर नहीं देखता। तो मुझे बहुत बुरा बुलाओ। आप कल नाहिद को आमंत्रित करेंगे। हम रात को घर पर साथ में खाना खायेंगे। कैसे? ठीक है पापा। ठीक है। नहीं। तो मुझे बहुत बुरा बुलाओ। आप कल नाहिद को आमंत्रित करेंगे। हम रात को घर पर साथ में खाना खायेंगे। कैसे? ठीक है पापा। ठीक है।

नहीं। तो मुझे बहुत बुरा बुलाओ। आप कल नाहिद को आमंत्रित करेंगे। हम रात को घर पर साथ में खाना खायेंगे। कैसे? ठीक है पापा। ठीक है। अगली सुबह ठीक आठ बजे होंगे। वह रीना के घर आया था। श्री नैतिक। श्री नैतिक। क्या आप घर पर हैं? मैं कौन हूँ? मैं नियामत हूँ अंकल। चलो, नियामत। तो श्री सादिक ठीक हैं। हाँ, यह अच्छा है, लेकिन बड़े पैमाने पर। क्यों। ऐसा कुछ भी फिर से एक बड़ा विचार नहीं है। अरे, यह एक अच्छी गेंद है। हमारे मालिक के लिए शादी करने के लिए देख रहे हैं। लेकिन किसी से मेल नहीं खाता। हाँ, परसों से एक दिन पहले वह मुझे बगीचे में बता रहा था। हां। चाचा ने घर जाकर कहा। ऐसी बात सामने आती है। ओह। तो बैठ जाओ। अच्छी बात है। मैं भी देने को राजी हो गया। सचमुच। हाँ रे। रीना घर पर थी, सुना। वह तबाह हो गया है। फिर पापा ने मुझसे झूठ बोला। वह अब और नहीं सोच सकती। अरे वो दुआ, मैं सादिक से कह दूंगा कि चुनाव से पहले शादी नहीं हो सकती.ठीक है चाचा, तो अब मैं उठूंगा. ठीक है, चलो। नियामत के जाने के बाद रमजान ने कहा, शाला मेरे घर शादी लाई है। रीना की माँ, तुम सुन रही हो। मैं उस सादिक के घर कभी शादी नहीं करूंगा। तुम हरामियों, क्या होगा अगर कोई शिक्षित परिवार है। धिक्कार है बड़े कमीने। रीना की माँ ने मुझे कुछ खाने दिया। आज उस मोहल्ले में एक बैठक है। यह चुनाव का मामला है। आस-पड़ोस के सभी लोग करीम की बात सुन रहे हैं। सादिक इस बार चुनाव नहीं जीत पाएंगे।

बहुत परेशानी। पिछली बार सादिक मस्तानी जीते थे। हालांकि उनका नाम सार्वजनिक नहीं किया गया था। ठग बाहर से लाए गए थे। इस बार ज्यादातर लोग सादिक को नहीं चाहते। कौन जाने इस बार हमारी पार्टी का सदस्य कौन होगा। यह है प्रदेश अध्यक्ष का मामला। मेरे बूथ पर कोई पार्टी नहीं होगी। बताया तो। और अगर देगा तो क्या करेगा? मैं और क्या करूं, उसे देखना है मैं जिंदगी भर बिना वोट डाले जीता हूं, इस बार मैं जीतूंगा। जो भी हो। मुझे खाना दे। देना, अपने हाथ और चेहरा धो लें। रमज़ान मताब्बर ने खुद को तरोताज़ा किया और टेबल पर आ गए। बैठ जाओ और रमजान मातब्बर भीमरी खेलो। क्योंकि आज साध के पास बकरी का युवा मांस है। वह देखकर खुश होती है। जीभ से लार टपक रही है। पत्नी, क्या बात है आज तुमने बकरी का मांस पकाया। आप बकरी का मांस नहीं देख सकते। इसे फिर से पकाएं। आपकी पत्नी जो कहती है उसके लिए धन्यवाद। नहीं, कदापि नहीं। अब खाओ। तुम्हारी बेटी आई है, वह कहती है कि वह तुम्हें खिलाएगी। रीना इसे मेरे लिए लाती है। हाँ, उसने इसे पकाया। ऐसा क्या? साथ ही नाहिद को आज किसने बुलाया। ओह तो। उसने क्या कहा? वह नहीं आना चाहती। क्योंकि तुम बहुत डरे हुए हो। ओह यह अच्छी बात है डरना बेहतर है। गांव के सभी लोग मुझसे डरते हैं। शक्ति की जरूरत है। मैं समाज को चलाने के लिए सख्त और मनमौजी बनना चाहता हूं। अन्यथा ऐसा नहीं है। लेकिन आपको विनम्र भी होना होगा। लेकिन

बहुत से लोग आपको कपटी कहते हैं। उसे करने दो। मुझे उसे देखने में कोई दिलचस्पी नहीं है। यह मांस लो। अरे, हार मत मानो। मैंने बहुत कुछ खाया है। एक और। यह छाती की हड्डी है। जब आप कहें तब दें। हाँ मेरी माँ ने खाना बनाया। वह कहाँ है? डको नहीं खाएगा। खाना। बाद में खाओ। रॉक हाउस गए। फोटो लाने के लिए क्या नोट है। पिताजी ने वास्तव में खाने के लिए कहा। हां, क्या आप नाहिद से शादी करेंगी? आपको सोचना होगा अगर उन दोनों को यह पसंद है, तो आपको भुगतान करना होगा। उन चीजों को छोड़ दें, जब ऐसा होगा। मैं उठा। अब कहीं जाओगे? हां मैं। उस मोहल्ले में एक सभा है। नहीं गया तो फिर चर्चा में नहीं बैठूंगा। जाना। मैंने कहा शाम को वापस आना, क्यों। नाहिद को किसने बुलाया। ओह। ठीक है। मैं छोड़ दूंगा। जब होगा। मैं उठा। अब कहीं जाओगे? हां मैं। उस मोहल्ले में एक सभा है। नहीं गया तो फिर चर्चा में नहीं बैठूंगा। जाना। मैंने कहा शाम को वापस आना, क्यों। नाहिद को किसने बुलाया। ओह। ठीक है। मैं छोड़ दूंगा। जब होगा। मैं उठा। अब कहीं जाओगे? हां मैं। उस मोहल्ले में एक सभा है। नहीं गया तो फिर चर्चा में नहीं बैठूंगा। जाना। मैंने कहा शाम को वापस आना, क्यों। नाहिद को किसने बुलाया। ओह। ठीक है। मैं छोड़ दूंगा। जब होगा। मैं उठा। अब कहीं जाओगे? हां मैं। उस मोहल्ले में एक सभा है। नहीं गया तो फिर चर्चा में नहीं बैठूंगा। जाना। मैंने कहा शाम को वापस आना, क्यों। नाहिद को किसने बुलाया। ओह। ठीक है। मैं

छोड़ दूंगा। जब होगा। मैं उठा। अब कहीं जाओगे? हां मैं। उस मोहल्ले में एक सभा है। नहीं गया तो फिर चर्चा में नहीं बैठूंगा। जाना। मैंने कहा शाम को वापस आना, क्यों। नाहिद को किसने बुलाया। ओह। ठीक है। मैं छोड़ दूंगा।

3

आज दसवीं संसद में राजनीतिक कार्यक्रम है। पीपुल्स पार्टी ऑफ थमथमपुर द्वारा आयोजित। वह रमजान की पार्टी की बैठक है। रमजान मातब्बर विशिष्ट अतिथि हैं। चर्चा बैठक में मौजूद कई नेता और गणमान्य व्यक्ति। लेकिन नेता और कार्यकर्ता रमजान का इंतजार कर रहे हैं. इस बीच नाहिद ने रीना से वादा किया। वे आज घर जाएंगे। लेकिन मिस्टर मतब्बर बहुत डरे हुए हैं। इसलिए बहुत डर है। लेकिन उसने सोचा कि वह वही है जिसने मुझे जाने के लिए कहा था, रीना ने कहा। लेकिन क्या आप मुझे कुछ बताएंगे? वह दोपहर में बाहर आया था, वह चल रहा था। हाथ में वन वृक्ष की पतली लता। हाथ फेरना और गाना गाने आना। गाना था "मैं तोरे बैसा। मेरे पास एक अच्छा दिमाग है। बैसा अच्छा है। इस बीच, रमजान मातब्बर ने बैठक में भाग लिया। लेकिन लोग कहां हैं। यह खाली है। केवल नेता और कार्यकर्ता। और कुछ सूदखोर बैठे हैं। रमजान की चर्चा सुनने के लिए.. हरे नियाज़द्दी। लोग कहाँ हैं? श्री मोरल शुरू से ही नहीं हैं। वह क्या है? ठीक है, मीटिंग रद्द करो। रद्

किया जाए। हाँ रद्द कर दिया। स्थानीय बैठक कल होगी। पार्टी कार्यालय में होगी, पत्र भेजा जाएगा। नियाजदी मैं घर चला गया। नाहिद आम के बाग में खड़ा है। आश्चर्य है कि क्या आप कर सकते हैं। कुछ भी करो रमजान अंकल। दूसरी ओर, वह सोचता है कि रीना मुझे तब बताएगी। नहीं तो। माथे में जो कुछ भी है। या मैंने प्यार के लिए अपनी जान दे दी। मैं याद रखूंगा। सोचने जा रहे हैं। उस समय सुजान से मिलें। सुजान अपना सिर झुकाती है और भागने की कोशिश करती है। वह बकवास। बस, इतना ही। सुजान बिना पीछे देखे भागने लगा। आखिरकार सुजान फरार हो गया। नाहिद बहुत उत्साहित है। हैप्पी क्यों नहीं। बदला लेने की बात करो। कुछ मिनट बचे और बैठ गए। इस बार वह फिर उठा और सड़क पर चल दिया। सामने रीना का घर। बड़ा घर। गांव में सबसे अच्छा घर। जर्मींदार के घर की बात हो रही है। रमजान के लिए करीब दो सौ बीघा जमीन। नाहिद घर के अंदर चला गया। रीना की मां नजर आई। मौसी मां रीना नहीं है। उसके घर में है। जाने में कोई दिक्कत नहीं है। रीना और रीना की मां। नाहिद आ गया है। ले लेना। रीना खुशी से मुस्कुराती हुई दूसरी मंजिल से नीचे आई। रीना ने कहा, मैं सोच नहीं सकती थी, आप आओगे बाबा रीना के घर जाओ। नाहिद सीढ़ियाँ चढ़ गया। घर के अंदर। दूसरी मंजिल तक जाने के लिए सीढ़ियां हैं। यह एक बड़ा सौदा है। वे क्या नहीं कर सकते। साफ मकान। कीमती चीजों से सजाया गया। कुछ दिन पहले रीना का घर

ग्राउंड फ्लोर पर था। अब ऊपर। नाहिद रीना के घर गया और हैरान रह गया। इतना सुंदर सजाया घर। विदेशी फर्नीचर। यहां तक कि बैठने का सोफा भी। अरे क्या सोच रहे हो बैठ जाओ, मैं तुम्हारे लिए कुछ कॉफी लाऊंगा। ओह! नहीं नहीं। लाने की जरूरत नहीं है। बैठो और बात करो। नाहिद ने कहा, "आज तुम नए लगते हो।" मुझे ऐसा लग रहा है कि मैं किसी अजनबी के साथ हूं। क्यों। यूं ही नहीं। मैं एक बात कहूंगा रीना। मुझे बताओ। अच्छा बताओ मुझे आज क्यों बुलाया गया। मुझें नहीं पता। पापा ने कहा कॉल करने के लिए मैंने व्यास कहा। मैं और कुछ नहीं जानता। तुम बैठो, मैं तुम्हारे लिए कॉफी लाता हूँ। कोफी गांव के लोग यह नहीं जानते। मुझे समझ में नहीं आता, लेकिन अमीर घर की बात करते हैं। रीना का घर हमेशा उपलब्ध्य रहता है। रीना नीचे आ गई। उसी समय रमजान मातब्बर ने भी प्रवेश किया। बुदबुदाने के लिए। पापा, आपको अभी मीटिंग में होना चाहिए। घर पर अचानक। अब और मत कहो। मीटिंग में कोई लोग नहीं हैं. बैठक कौन करेगा। मैं किसके साथ पार्टी चुनूंगा। यही हमारा धंधा है। आपको समझने की जरूरत नहीं है। पापा। क्या बताये। हां पिताजी। मुझे बताओ। दोस्तों नाहिद आ गया है। ओह अच्छा। तो वह सज्जन कहाँ हैं। ऊपर मेरे कमरे में बैठी है। आपने मुझे खाने के लिए कुछ दिया। नहीं, पिताजी। ठीक है, कुछ कॉफ़ी ले आओ। मैं आपके कमरे में हूँ होने वाला। अरे हाँ इसे मेरे लिए लाना मत भूलना। ठीक है पापा, क्या मैं आपको भूल सकता हूँ?

ठीक है, जाओ। रीना की माँ, ओह रीना की माँ। सुनना। हाँ बोलो बच्चा आज नहीं आने वाला था। हां। उन्होंने फोन से जानकारी दी कि वह अगले एक हफ्ते में घर नहीं जाएंगे। अभी भी काम किया जाना बाकी है। ओह। तो नाहिद आ गया। हां। क्या आपने बात किया? ऐसा कुछ नहीं कहा गया। अच्छा मैं जा रहा हूँ मैं नहीं जाउंगा। तुम जाओ ठीक है। मिस्टर रमजान रीना के घर के दरवाजे पर गया और सिर हिलाया। हुह हुह। किसी भी तरह यह मेरी भाषा में नहीं आता है। अरे चाचा। आप कैसे हैं अच्छा। आप कैसे हैं घर में सब ठीक हैं। हाँ चाचा। नाहिद कुछ देर चुप रहा। बातें नहीं। गूंगा। मातब्बर ने कहा, क्या आपके पिता लोगों को गुमराह कर रहे हैं? नहीं चाचा। मेरे पिता बहुत अलग व्यक्ति हैं। वह लोगों का भला चाहता है। कभी बुरा नहीं चाहते। ऐसा कहते हुए रीना नजर आईं। हाथ में कॉफी का गिलास। कुछ विदेशी चनाचूर के साथ। मातब्बर को कॉफी के साथ चनाचूर खाना बहुत पसंद है। यह है डैडी कॉफी और आपका चाणचूर। अरे पहले नाहिद को दे दो। नहीं, पहले तुम ले लो। मातब्बर ने कॉफी की चुस्की के साथ कहा। देखो पापा नाहिद। मैं तुम्हारे बारे में जानता हूँ। तुम्हारी चाची ने कहा। मुझे इससे कोई आपत्ति नहीं है। लेकिन नेता तुम्हारे पिता को पसंद नहीं करते। शायद एक दिन तुम सुनोगे कि तुम्हारे पिता को पुलिस के पास ले जाया गया है। अपने पिता को समझाओ। राजनीति में मत पड़ो। हर किसी को सब कुछ नहीं करना पड़ता है अगर वे जानते हैं

कि कैसे पढ़ना है। अंकल, मेरे पिता के लिए ये बातें कहना बेहतर है। मैं इसमें शामिल नहीं होना चाहता। मैं छात्र लोग यह सब नहीं समझते हैं। सादिक भी तुम्हारे पिता की जमीन पर जोर दे रहा है। मेरे कानों में सब कुछ आता है, पिताजी। तब रीना ने कहा, पिताजी, आप किस बारे में बात कर रहे हैं? उसे ओस्बे में मत खींचो। मैं कहाँ खींच रहा हूँ, मैंने और क्या कहा है? ठीक है, तुम लोग। मैं जागा। रात में एक साथ कैसे खाना है। फिर घर कैसे जाए। नहीं, मुझे घर जाना है अंकल। आपसे जल्द ही बात करें और अच्छी सामग्री बनाए रखें।

9

इसके बाद रीना खूबसूरत ड्रेस में आई। क्या सुंदर पोशाक है। बहुत साफ। एक खूबसूरत राजकुमारी की तरह। वही देखेगा। उसे रीना से प्यार होना चाहिए। लेकिन अब रीना मुझसे कुछ कहना चाहती है। कुछ और नहीं। मुझे मामला बिल्कुल समझ नहीं आ रहा है। होठों पर गुलाबी रंग की लिपस्टिक। आँखों में भयंकर भूख है। हल्का पेट निकला है। कमर दिख रही है। साड़ी जॉर्जेट पिंक है। हाथ में गुलाबी चूड़ी। यह काफी समझ में आता है कि यह वह चूड़ी है जिसे मैंने खरीदा है। मैंने इसे बॉक्सीगंज मेले में खरीदा था। वह काफी सहमत हैं। उसी समय रीना ने कहा, "क्या आप सपना नहीं देख रहे हैं, श्रीमान जागो?" अरे नहीं मेरा मतलब है हाँ। क्या? आप वास्तव में

क्या सोचते हैं? मुझे कहना होगा। मत मारो। आज आपको देखकर मुझे लगता है कि यह सपने में देखी गई राजकुमारी नहीं बल्कि हकीकत में दिखने वाली राजकुमारी है। और तुमने सोचा, आपको लगता है कि मैं किसी चीज को लेकर उत्साहित हूं। आपके मन के अंदर छिपी आक्रामकता आ रही है। क्या तुमने मुझे दूसरी लड़कियों की तरह बेवकूफ पाया? रुको, यह तुम्हारा है। यह कहकर रीना ने नाहिद को बिस्तर पर धकेल दिया। और उनके सीने पर बैठ गया। यही तुम कर रहे हो। कोई भी छोड़ सकता है। उसे आने दो। क्या आपका दिन मेरा दिन है? दोनों ने बाहें फैला दीं। रीना कहती है कि मुझे दूसरी लड़कियों की तरह देखो। अरे मैंने क्या कहा। मैंने वही कहा है जो तुम्हारे मन ने कहा है। बताओ इसमें मेरा क्या कसूर है। मुझे नहीं पता। जैसा तुमने मुझे बताया है, वैसा ही सहन करो। आप क्या करेंगे नहीं, मैं कुछ नहीं करूंगा। तुम जो कहोगे मैं वही करूंगा। चू .... मु ...... खाब। लेकिन आप रीना की जिद कर रहे हैं। मैं इसे सौ बार करूंगा। आप रुक सकते हो। नहीं, मैं ऐसा नहीं चाहता। सुजान ने मुझे ठीक उसी दिन बताया था। उसने क्या कहा? कहा कि नाहिद तुम्हें कभी कुछ नहीं दे पाएगा। बल्कि मुझे सब कुछ मिलेगा। हाँ, तुम उसके साथ रहो। मुझे नहीं चाहिए मैं अब ऐसा नहीं चाहता। हमें पढ़ना है और बड़ा होना है। मैं चला गया। ठीक रहें नाहिद सुनो। नहीं, मैं आपसे कुछ नहीं सुनना चाहता। नाहिद तेजी से नीचे भूतल पर गया। और वह रमज़ान मातब्बर की मुबारकबाद

देने के लिए घर से निकल गए। रीना आश्चर्य और गुस्से में दूसरी मंजिल पर खड़ी हो गई। उसने कभी नहीं सोचा। यह होगा। हालांकि, रिनार भी कम गर्म है। अगर आप प्यार कहते हैं, तो आपको बहुत कुछ करना होगा। उसके साथ कुछ भी गलत नहीं है। प्रेम सुंदरता का प्रतीक है। मुझे नहीं लगता इसमें कुछ गलत है। वह थोड़ा ज्यादा ईमानदार है। इतना ईमानदार नहीं। अपने प्रेमी को थोड़ी सी भी संतुष्टि नहीं दे सकते तो कैसा प्यार। या प्यार से या क्या फायदा। उसे कौन समझेगा। लेकिन यह सच है कि, लड़का लालची नहीं है। काफी कोमल। लेकिन मुझे थोड़ा अलग होने की जरूरत है। नहीं, नहीं मुझे नहीं पता कि वह क्या सोचता है। वह अपने आप को बुदबुदाते हुए नीचे के कमरे में आ गया।

10

पार्टी कार्यालय में आज मतब्बर की कोई बैठक नहीं है. हां भाई फजलू। तुम नहीं जाओगे? तुम जाओगे तो कुछ सुनोगे। लेकिन मैं जो कुछ भी कहूं नियाज। लेकिन सचिव का पद अभी ठीक नहीं है। क्यों भाई फजलू। अरे मिया, तुम पार्टी में लगभग दस से पंद्रह साल से हो। हां मैं हूं। लेकिन देखिए, आपकी स्थिति वही है। आप अध्यक्ष या पार्टी नहीं हो सकते। यह टीम का मामला है। लेकिन नियाज रमजान में सब कुछ कर सकते हैं। मैंने सुना है कि पार्थ को यह नहीं मिल रहा है। तो यह मत कहो कि रमजान कौन कहता है।

क्या बताये। मैं क्या कह सकता हूँ? अरे, एक गधे के रूप में, हम आपके बारे में बुरा नहीं सोचते। अगर नहीं तो टीम को क्या फायदा। आपके बाद सगीर मिया सदस्य बने। इस बार मैं उसे खड़ा नहीं होने दूंगा। देखिए वह क्या कह रहा है। कुछ देर बाद टीम के सभी सदस्य और कर्मचारी दिखाई दिए। अब रमजान मातब्बर का इंतजार कर रहा है। वह यह भी नहीं जानता कि नेता कब आएगा। अहमद कहते हैं नियाज़ कहाँ है, कम से कम मुझे चाय के बिस्कुट तो दो। हे मतब्बर, चलो। वह आदमी कब आएगा यह स्पष्ट नहीं है। एक-एक करके, समूह में सभी ने कहा, तो चलो उसके आने से पहले चाय पीते हैं। तुम ठीक क्या हो। कुछ लोगों ने कहा हां, हां, ऐसा ही हो। नियाज मुश्किल में है। पार्टी सचिव होंगे। लेकिन श्री मतब्बर उन्हें पार्टी के एलसीएस की तरह मानते हैं। अरे मतब्बर मिस्टर आ रहे हैं। यह आया। नियाजद्दी ने उन्हें चाय क्यों नहीं दी? यह जा रहा है। तो बताओ तुम कैसे हो। मैं ठीक हूँ मोरल मिस्टर। सभी ने एक बार में कहा। तो आपको क्या लगता है, पार्थी कौन हो सकता है। रहीम और नादेर ने एक समझौता किया। तब कहा गया कि हमारे मनोनीत प्रत्याशी बकुल मास्टर हैं। आपका क्या कहना है? हाँ, आदमी बुरा नहीं है, बिल्कुल। गुरु की बात हो रही है। क्या वह राजनीति करेंगे। वह भी देखा जाएगा। मातब्बर कहते हैं, या मैं अंत में करीम को खड़ा कर दूंगा। क्या हो रहा है। फिर कल रहीम और नादेर के भाई बकुल जाते हैं। इस बार हमें वैसे भी जीतना है। एक

बार फिर सादिक गुंडा के साथ   इस बार नहीं जीता। फजलू ने फिर कहा, वह तुम्हारे लिए किया गया था, चिंता करने की कोई जरूरत नहीं है। मेरे ज़ख्मों में नमक मलने की बात करो - डी'ओह! आपसे जल्द ही बात करें और अच्छी सामग्री बनाए रखें। आप बहुत ज्यादा बात कर रहे हैं। क्या आप राजनीति को समझते हैं? आजकल मैं आपको उसे गलत समझते हुए सुन सकता हूँ। सुनो, मैं और पागल हो जाऊंगा, मैं अपना पैर काट दूंगा। कोई बाप नहीं बचा सकता। फाजिल कहाँ है? आपको यहाँ किसने बुलाया? फाजिल कहाँ है? फजलू बड़बड़ाया और चला गया। हमें नए तरीके से एक कमेटी बनानी होगी। वे वोट जीतने के लिए यह सब कर सकते हैं। अन्यथा, क्षेत्र अध्यक्ष का मूल्य नहीं होगा। फिर कल रहीम और नादेर के भाई बकुल मास्टर के घर आते हैं। मैं रे नियाज को छोड़ रहा हूं। मुझे कुछ काम करना है।

1 1

फ्जलू शेख करीम यानी नाहिद के घर जाता है। भाई करीम, क्या तुम घर पर हो? हां मैं हूं आय। क्या बात है रे? घर में सब ठीक हैं। हाँ अल जो मुझे बहुत बकवास लगता है, ऐसा लगता है कि बीटी मेरे लिए भी नहीं है। यह सुन रही है नाहिद की मां। हाँ बोलो दो कप चाय मत दो। दे रहा है। अरे, क्या बात है फजलू देवड़ा। क्या बात है नहीं, मैं इस बड़े भाई से बात करने आया था। ओह, तुम लोग

कहानी बताओ। मैं चाय लाता हूँ। हाँ अल जो मुझे बहुत बकवास लगता है, ऐसा लगता है कि बीटी मेरे लिए भी नहीं है। नहीं, अब मुझे तारीफ करने की जरूरत नहीं है। इसका बहुत समय हो गया। हाँ, क्या कहा? दोस्तों, बड़े भाई, आप चुनाव में पार्टी बन जाते हैं। आपका क्या कहना है? ये मेरे द्वारा नहीं किया जाएगा। क्यों नहीं। अरे राजनीति करना सबके लिए संभव नहीं है। गांव के लोग आपके साथ हैं। भले ही वह हो या क्या। राजनीति करने वाले बहुत से लोग हैं। मैं लोगों को अच्छी सलाह देता हूं, यही काफी है। रमजान की पार्टी ने बकुल मास्टर को मैदान में उतारने का फैसला किया है। तो मैं समझता हूँ। एक तरफ, यह अच्छा है, मास्टर लोग सभी कानूनों को जानते हैं। बड़े भाई आप भी कम नहीं हैं। अगर आप पढ़े-लिखे नहीं हैं तो भी आपके ज्ञान को हर कोई जानता है। तुम हट जाओ। तुम पागल कुत्ते क्या हो। नहीं भाई, मुझे पागल कुत्ते ने नहीं काटा। मैं उस आदमी को रमजान नहीं छोड़ूंगा। साला मेरा अपमान करता है, लोगों के बीच। अमीर कहते हैं कि वे सभी सहमत हैं। अब और नहीं। इस बार मैं सर्वश्रेष्ठ व्यक्ति को चुनूंगा। जरूरत पड़ी तो मेरे पास तीस बीघा जमीन है और मैं इसे बेचकर साला खोना चाहता हूं। अरे, क्या तुमने सच में पागल कुत्ते को काटा है? सुनो भाई तुम्हें खड़ा होना है। मैं कुछ अच्छे लोगों को बुलाऊंगा और खुद एक कमेटी बनाऊंगा। मैं उन्हें अब और लूटने नहीं दूंगा। इस बार तुम सही हो। यह अच्छे लोगों के साथ एक समिति माना

जाता है। तो देखें कि क्या यह है। फिर मैं राजनीति में आने को तैयार हूं। इसके अलावा, सादिक जैसे लोगों के पास अब इस बूथ पर जीतने की क्षमता नहीं है। ठीक है, चलो मेरे घर पर एक बैठक की व्यवस्था करते हैं। ठीक है। मैं जा रहा हूँ भाई। अरे, चाय मत पियो। नहीं, आज ही रहो। समय नहीं है। मैं बाद में आकर खाऊंगा। नाहिद आता है और कहता है, पापा आप चुनाव में पार्टी बन जाते हैं। गांव के अच्छे लोगों के साथ खड़े रहें। मुझे दिखाओ कि सही नेता कौन है। वह किया जा सकता है। लेकिन हमारे पास संपत्ति नहीं है, पिता। पैसे नहीं हैं। इनसे लड़ने में बहुत पैसा लगता है। एक जवान लड़का चाहिए। लेकिन क्षेत्र के लोग आपको बहुत पसंद करते हैं। नाहिद की मां रंगीला आई और बोलीं, "अरे, देवड़ा कहां गए?" वो चला गया। उसने कहा कि वह चाय खाएगा। इसके बजाय उसका खाना खाओ। नाहिद तुम ले लो। मेरे पास है ठीक है। नाहिद की मां अंदर गई। नाहिस ने चाय की चुस्की के साथ कहा, अच्छा, पिताजी, क्या आपने सादिक को वह जमीन बेचने के लिए कहा था? असंभव। मैं उस जमीन को कभी नहीं बेचूंगा। मेरे पास सिर्फ दस बीघा जमीन है ताकि तुम्हारा भविष्य अच्छे से कट सके। और वो दो बीघा मेरे पिता की जमीन है। मैं मर भी जाऊं तो नहीं जीऊंगा। उसमें पिता का आशीर्वाद है। सादिक या मैं दाग को सीधा करने के लिए क्या खरीदना चाहता हूं। हा मैंने सुना। वह जबरदस्ती खरीदना चाहता है। यदि आप कहते है। देश में कोई कानून अदालत

नहीं है। बस न्याय है। इसके अलावा, मुझे इसके बारे में चिंता करने की ज़रूरत नहीं है। अगर मैं उन्हें अपनी जमीन नहीं देता, तो उन्हें कुछ नहीं करना है। नियामत कुछ दिन पहले जमीन की बात करने आई थी। मैंने स्पष्ट कर दिया। ठीक है, आपको इसके बारे में सोचने की ज़रूरत नहीं है। पढ़ने के लिए बसगा। होने वाला। लेकिन पिता फजलुर के बारे में सोचो।

12

नाहिद और रीना कई दिनों से संपर्क में नहीं हैं। बेशक, रीना ने कई बार फोन किया। लेकिन नाहिद ने फोन रिसीव नहीं किया। स्कूल में भी छुट्टी होती है। निजी अवकाश। कोई भी दोस्त अब इस तरह किसी के साथ संवाद नहीं करता है। क्योंकि परीक्षा का दबाव सबके सिर पर है। कि वह तनाव में न रहे। बिल्कुल सम्मान की बात है। वह या तो अपने माता-पिता के साथ झाड़ी खा सकता है। लेकिन लड़कियों को सिर ऊंचा करके रहना पड़ता है। और खासकर प्रोमिका को। लेकिन नाहिद ओस्बे से नहीं डरता। नाहिद का एकमात्र डर कौन है? वह पढ़ना चाहती है। मुझे एक अच्छी नौकरी चाहिए। बहुत अधिक। नाहिद चाय पीकर अपने कमरे में दाखिल हुआ। पढ़ने के लिए। दक्षिण खिड़की खोलो। खिड़की से हल्की हवा चल रही है। हल्की ठंडक महसूस हो रही है। मेज पर ढेर सारी किताबें रखी हुई हैं। वह केमिस्ट्री की किताब के पन्ने पलट रहा है। फिर से, आप जानते हैं, हॉल बंद था। नहीं, यह अच्छा नहीं लगता।

मन शांत नहीं लगता। चलना। फिर से बैठ गया। बिस्तर दूर था। रिमोट वाला टीवी' कामोत्तेजित। सोनी आठ चैनलों के माध्यम से चला गया। नाहिद सोच रहा है कि क्या देखा जाए। इसके साथ ही गोपाल कार्टून देखने लगा। कुछ देर देखने के बाद अचानक मोबाइल पर एक मैसेज आया। जैसे ही आप मैसेज पर क्लिक करते हैं, टेक्स्ट फ्लैश होने लगते हैं। प्रिय, मैं आपको पिछले तीन वर्षों से फोन कर रहा हूं।आप मुझ पर दया किए बिना फोन प्राप्त नहीं कर रहे हैं। मैं आपको कम से कम एक आखिरी बार देखना चाहता हूं। कृपया कल हमारे आम के बाग में पधारें। मैं तुम्हारे आने का इंतज़ार करूँगा। यदि नहीं तो यहां सिर्फ आपके लिए एक नया उत्पाद है! मैं आपको पिछले तीन साल से फोन कर रहा हूं।आप मुझ पर दया किए बिना कोई फोन कॉल नहीं कर रहे हैं। मैं आपको कम से कम एक आखिरी बार देखना चाहता हूं। कृपया कल हमारे आम के बाग में पधारें। मैं तुम्हारे आने का इंतज़ार करूँगा। यदि नहीं तो यहां सिर्फ आपके लिए एक नया उत्पाद है! मैं आपको पिछले तीन साल से फोन कर रहा हूं।आप मुझ पर दया किए बिना कोई फोन कॉल नहीं कर रहे हैं। मैं आपको कम से कम एक आखिरी बार देखना चाहता हूं। कृपया कल हमारे आम के बाग में पधारें। मैं तुम्हारे आने का इंतज़ार करूँगा। यदि नहीं तो यहां सिर्फ आपके लिए एक नया उत्पाद है!

मैसेज पढ़ने के बाद उन्होंने बिना कुछ सोचे समझे जवाब दिया। मुझे किसी असभ्य लड़की से बात करने की जरूरत नहीं है। वह जो चाहे कर सकता है। मैं तुमसे प्यार करता हूं लेकिन मैं सुजान नहीं हूं। आपने सुजान की तुलना मुझसे की। आप बेहतर जानते हैं, मुझे यह पसंद नहीं है। मैं प्यार करता हूं लेकिन मैं अवैध संभोग नहीं चाहता। तुमने उस दिन कब किस किया था? फिर भी मैंने कुछ नहीं कहा। तुमने फिर हमला किया। मैं ऐसा बिल्कुल नहीं हूं। व्यास उत्तर समाप्त हो गया है। दोनों ओर से कोई जवाब नहीं आया। नाहिद खूब पढ़ता है। प्यार का दुख भी कम नहीं है, फिर भी दुखों को नजर अंदाज कर पढ़ाई कर रहा है। आगे की जाँच करें। आपको अच्छे परिणाम प्राप्त करने होंगे। मैं बड़ा होकर बड़ा अफसर बनना चाहता हूं। दूसरी ओर मेरे पिता की राजनीति से कुछ ग्रामीण नाराज हैं। खासकर फजलू शेख। जितना खर्च होगा, उसकी पार्टी पंचायत बनाएगी। १३

जिस तरह से गांव में राजनीति की आंधी चल रही है और उसके लिए राजनीति करना नामुमकिन होता जा रहा है, उससे सादिक मतब्बर बेहद चिंतित हैं. पिछली पंचायत अपनी पार्टी के कारण गुंडागर्दी से जीती थी। अब वह भी हाथ से निकल चुका है। रमजान की पार्टी ने पंचायत बनाई है। नतीजतन, सादिक की कोई आधिकारिक जूरी नहीं होगी। पुलिस उसे पकड़ लेगी। पहले रमजान और सादिक साहब पंचायत बनाते थे। या तो रमजान की टीम या

सादिक की टीम। अब दोनों पार्टियां सर्वहारा बनने जा रही हैं। एकमात्र कारण करीम है। वह आदमी अपने पके धान पर कदम रख रहा है। रहीम और नादेर बकुल ने मास्टर को बहुत कुछ समझाया है। चुनाव में उससे लड़ने के लिए। लेकिन बकुल ने महारत हासिल नहीं की। उस ने कहा, मैं मास्टर छात्रों को पढ़ाता हूं। मेरे लिए राजनीति नहीं। बल्कि मैं राजनीति के खिलाफ हूं। उन्होंने आगे कहा कि मैं आपका समर्थन कर रहा हूं, वोटिंग में कोई दिक्कत नहीं है. लेकिन मुझे यह मत बताओ। रहीम और नादेर पिछले दो दिनों से समझाने की कोशिश कर रहे हैं। लेकिन उनके सभी प्रयास विफल रहे हैं। चुनाव आने वाला है। थमथमपुर पंचायत में केवल पांच सीटें हैं। तीन ग्राम पंचायत हो चुकी है। थमथमपुर में उनकी दो सीटें हैं। संसद नंबर एक और दो हैं। कुछ दिन पहले पंचायत का बंटवारा कर अलग कर दिया गया था। यह चुनाव से पहले हुआ था। उस समय थमथमपुर दसवीं और ग्यारहवीं संसद थी। अब पूरी तरह से स्वतंत्र पंचायत थमथमपुर के अंतर्गत आती है। रहीम और नादेर रमजान मातब्बर के घर आते हैं। तीनों मिलकर फैसला करते हैं, नादर जो खड़ा होगा। पिछले रमजान में पार्टी के व्यास की घोषणा। हमें शाम को टीम के सदस्यों के साथ बैठक करनी है। नई पार्टी के लिए। नादर ने कहा कि नई पार्टी का मतलब है। हमारी पार्टी अलग बनेगी। मैं कल मुख्यालय गया था। क्षेत्र के अध्यक्ष मेरे साथ परेशानी में रहे हैं। मुँह पर कहने आया हूँ। मैंने पार्टी छोड़ दी।

श्रीमान नैतिक, यह सही नहीं था। पुरानी पार्टी को तो सभी जानते हैं। इसे बाद में बदला जा सकता था। भले ही आप इसके बारे में न सोचें। पास करना मेरी जिम्मेदारी है। उनकी पार्टी को यहां मत जीतने दो। जरूरत पड़ी तो हम सादिक से जुड़ेंगे। गठबंधन दल होंगे। पंचायत हमारी होगी। कर सकना जरूरत पड़ी तो हम सादिक से जुड़ेंगे। गठबंधन दल होंगे। पंचायत हमारी होगी। कर सकना जरूरत पड़ी तो हम सादिक से जुड़ेंगे। गठबंधन दल होंगे। पंचायत हमारी होगी।

14

अगली सुबह फजलू और तीन अन्य लोग करीम के घर आए। बड़े भाई, मैं आपके पास आया हूं। तुम आज मेरे पास नहीं लौटोगे। तीन बुद्धिमानों के साथ आए। करीम ने कहा, क्या कर रहे हो। हिंसा के कृत्यों को छोड़ दें। हमारे लिए राजनीति नहीं। राजनीति अमीरों के लिए है। बड़े भाई, आपको इसके बारे में चिंता करने की ज़रूरत नहीं है। मैं उन पर एक नज़र डालूँगा। आप एक बार सहमत हैं। यही मैं लेकर आया हूं बकुल मास्टर, खालेक भाई और निफाज डॉक्टर के साथ। हमें अपने क्षेत्र में अच्छे लोगों की जरूरत है। इसलिए कम से कम आपको राजनीति तो करनी ही होगी। बकुल मास्टर कहते हैं, सुनो बड़े भाई मैं मास्टर बनकर नहीं बोल रहा हूं। छोटे भाई के रूप में बोलते हुए। आप सहमत है। खालिक और निफ़ाज़ ने एक स्वर में

कहा, भाइयो, मानो, हम पढ़े-लिखे लोग हैं। हम इस बर्बर समाज को सभ्य बनाना चाहते हैं। हम तुम्हारे साथ हैं रहीम और नादेर इसी बकुल भाई में अपनी पार्टी में शामिल होने गए थे। गुरु सहमत हो सकते थे लेकिन नहीं माने। फिर भी हमारे साथ राजनीति करेंगे। हम सब नए भाई हैं। मुझे नहीं लगता कि सफलता एक बार मिल सकती है। पांच बूथों में हर कोई आपको मुंह से देख रहा है। तुम्हारा इंतज़ार है बड़े भाई चुनाव में प्रत्याशी हो तो कम से कम चार सीटें जरूर मिलेगी। नाहिद की माँ चाय लेकर आती है। अच्छा बापू, जब सब कह रहे हैं तो मत मानो। गांव के ज्यादातर लोग आपको चाहते हैं। मिस्टर करीम बहुत देर से खामोश बैठे हैं। एकदम वें घोड़ी। फिर जवाब आता है। मैं सहमत हूं। लेकिन आपको हर समय मेरे साथ रहना होगा, आपको सही सलाह देनी होगी। हो सके तो बताओ। मैं सहमत हूं। फजलू शेख ने कहा। हां। एक सौ। फिर आज दोपहर मेरे घर आना। दो दर्जन और के साथ। आम सभा को। सिर्फ बात। सभी के साथ विचारों का आदान-प्रदान करने की जरूरत है। फजलू ने सिर हिलाया जैसे वह ठीक है। उसी समय नाहिद घर से बाहर आ गया। पापा आँगन में बैठे हैं। नाहिद कहीं साइकिल चला रहा है। पिताजी कहते हैं, अब कहाँ जा रहे हो पापा। कोई पिताजी के पास वहाँ थोड़ा काम नहीं है। जल्दी वापस आयेंगे। दोपहर में रहना चाहिए। घर में कुछ काम है। ठीक है, पिताजी ने कहा, बाइक पर सवार हो गए और लाल सड़क पर सवार हो गए। आम के बाग के

किनारे पर। कुछ जाना है। इधर से उधर रीना नाहिद का इंतजार कर रही है। रात को आना था। लेकिन उसके बाद मालिश कर समय बदल दिया गया है। सायक्लिंग बेशक, धीरे-धीरे। पुरानी बाइक को कैंसिल कर दिया। वह अपने पिता के लिए एक नई साइकिल ले गया। महिलाओं की साइकिल। गियरिंग सिस्टम। पांच गियर हैं। अच्छी तरह से पैसा खर्च किया गया है। करीब पांच हजार। सड़क मिठुटा के सामने छोड़ दी गई है। आश्चर्य है कि क्या कहना है। अगर वह मुझे बस में पसंद नहीं करता है तो मेरा काम हो गया। मैं रीना के बिना नहीं रहूंगी। हे भगवान, तुम मुझे बचाओ मुझे भी कुछ बुरा नहीं चाहिए। लेकिन मुझे दूसरे पक्ष के बारे में भी सोचने की जरूरत थी। थोड़ा सा रोमांस। मुझे और कुछ नहीं चाहिए। मुझे उसमें कोई दोष नहीं दिखता। लेकिन कौन जानता है कि उसके सिर में क्या भूत था। या हाथ पकड़कर माफी मांग रहे हैं मैं इसे ले जाऊँगा। धीरे-धीरे साइकिल चलाना लेकिन फिर भी कूदना। छाती धड़क रही है। क्या होगा। कौन जाने सड़क पर अजीज से मिलें। अजीज नाहिद का दोस्त है। तुम अब कहाँ जा रहे हो? नहीं, यहाँ थोड़ा काम है। नहीं, आप चिंतित हैं। तुम हंस क्यों रहे हो नहीं, नहीं। आप कहाँ हैं? अरे यार, तुम्हें देखकर ऐसा लगता है कि तुम बेबस हो। बताओ क्या बात है। मैं नहीं जानता कि मैं क्या कहूं। कहने के लिये कुछ नहीं है। इसका मतलब है कि वहाँ है। और आपको इसका मतलब नहीं है। बात बताओ। नहीं तो मैं गया। मेरा मतलब

है, रीना के साथ मेरा रिश्ता फीका पड़ रहा है, रे। वह कहते थे कि क्या किया जा सकता है। किस प्रकार मैंने एक सप्ताह से एक शब्द के लिए बात नहीं की है। मैं बहुत गुस्से में था। उलझे हुए। ओह यह बात। और कोई बात नहीं। खुद जाओ और उससे सॉरी कहो। आप जो चाहे करें। जैसा वह चाहता है वैसा करो। अरे यार, ऐसा ही होता है जब तुम प्यार करते हो। ओलिवर के साथ मेरे एक महीने का क्या हुआ, यह नहीं देखा। दिमाग से और किसने दिया। अरे लड़कियां गुलाब हैं। अगर आप उस गुलाब को रखना चाहते हैं तो आपको उसकी देखभाल करनी होगी। मैं गुलाब को जिंदा रखने के लिए बहुत कुछ नहीं करता। हां। तो ऐसा करो। इसे वैसे ही रखें जैसा आप चाहते हैं। तब आप देखेंगे कि गुलाब का मतलब रीना आपकी होगी। अच्छा भाई, आपके पास थोड़ा समय है उसे मत समझाओ। अच्छा, मैं कहूंगा ठीक है। मेरे आपके साथ अच्छे संबंध हैं। ये सही है। यह कहकर उसने नाहिद की पीठ पर पंजा मार दिया। और आत्मविश्वास दिया। नाहिद अपनी साइकिल चला रहा था। नयनदर ने घर में प्रवेश किया। क्या तुम नहीं देख रहे हो? मैं यहाँ हूँ, मैं यहाँ हूँ। क्या ख़बर है। तुम पढ़ाई नहीं कर रहे हो? हाँ, उसने हाँ कहा। आगे की जाँच करें। ठीक है, मैं सुन रहा हूँ कि तुम्हारे पिता चुनाव लड़ेंगे या नहीं। हां। पापा नहीं माने। फिर चाचा फजलू, बकुल सर खालिद अंकल ने और भी बहुतों को मनाया है। अच्छी बात है। अब्बा ने यह भी कहा कि अगर नाहिद के पिता इस बार चुनाव लड़ते

हैं तो किसी को सीट नहीं मिलेगी. नेता इतने आशावादी हैं। गांव के लोगों को इस बार सही नेता मिल रहा है. हर कोई सुधार का हकदार है। वह सब बहिष्कृत करें। मेरी बात सुनो। मैं कुछ कहूंगा। हां कहने आया हूं। यदि नहीं, तो मैं दोपहर में क्या करने आया हूँ? अरे, दोपहर के तीन बजे हैं। अरे यह तुम्हारा ज्ञान है। भले ही तीन बजे हों, दोपहर में नहीं है। हाँ दोपहर लेकिन दोपहर में शुरू करें। वह जो कुछ भी है। मुझे कहीँ जाना हे। कहा पे। रीना के आम के बाग में। क्यों, मेरे प्यार में मत पड़ो। आह, आप किस बकवास की बात कर रहे हैं? मेरा पालतू महीना चल रहा है। और तुम मजाक कर रहे हो। मैंने मजाक कहाँ किया। यह मजाक नहीं है। मुझे बगीचे में ले जाने का अर्थ समझ में नहीं आता। आप क्या करना चाहते हैं? नयना ने अपना चेहरा दूसरी तरफ घुमाया और मुस्कुरा दी। उसने फिर मुँह फेर लिया। मुझे नहीं पता कि आज के लड़कों में विश्वास है या नहीं। सब लालची। ध्युत तारिका का कहना है कि नाहिद सीधे घर से बाहर आने वाला है। उस समय नयना ने पीछे से शर्ट का कॉलर पकड़ा और कहा, मैंने फैसला कर लिया है। लेकिन मैंने तुमसे नाराज़ होने को कहा था। मुझे बताओ कि तुम्हारा क्या मतलब है। और मैं क्या कहूं। आप विपरीत कह रहे हैं। अरे, तुम हमारे सबसे अच्छे दोस्त हो। हम सब तुम्हें प्यार करते हैं मुझे भी पसंद है। फिर पंखे का कोई अधिकार नहीं है। हाँ, लेकिन हर समय नहीं। ठीक है, बताओ। रीना ने कहा कि वह बगीचे में आएगी। शाम के बाद लेकिन वह दोपहर में

फिर आने के लिए कहता है। मैंने उससे तीन दिनों में बात नहीं की है। क्रोध होता है। कभी-कभी यह मुझे छोड़ सकता है। मेरा शनि चरण चल रहा है। ओह यह बात। तो क्यों जाएं उनके घर बगीचे में। मैं बगीचे में नहीं जा सकता। क्यों। आपके पास कोई सामान्य ज्ञान नहीं है। वे दोनों दोपहर में बगीचे में। आपको इस बात का अंदाजा है कि लोग क्या कहेंगे। ऐसे में क्या किया जा सकता है। हू सोचने दो। भावना। एक काम करने का विचार है। क्या। मेरा मतलब है, मैं रीना को फोन करता हूं। मुझे मामला निपटाने दो। ठीक है। यह कहना। लेकिन मैं क्या उपयोग करूंगा? फिर से नोट्स मांगने का क्या बहाना है। ओह अच्छा विचार। लेकिन क्या वह मानेंगे? मैं सहमत होने की बात देखता हूं। ये सही है एक मोबाइल फोन है। मेरे मोबाइल से नहीं। अपने मोबाइल से करें। ठीक है। मोबाइल लाओ। वह कमरा है। मैं खिड़की खोलूंगा। देना। हवा हो तो अच्छा होगा। नयना धक्का देती है और खुलती है। और दूसरा मोबाइल लाने चला जाता है। मोबाइल लेकर आया था। रीना के ने फोन किया। क्रिंग क्रिंग क्रिंग ने कुछ समय के लिए किया। फोन मिला। नमस्ते रीना। नहीं, मैं रीना की मां हूं। अस्सलामु अलैकुम खलम्मा। मैं नहीं। वह क्या है, माँ? कुछ कहो। हाँ चाची। रीना की जरूरत किसे है। ठीक है। रीना रीना आई. क्या तुम नहीं हो क्या हुआ? तुम चिल्ला क्यों रहे हो? इसे नयना ने बुलाया था। देखिए आपको क्या कहना है। अरे दे दो। बात मत करो मैं जाकर देखता हूं कि खाने का क्या होता

है। मैंने फिर से काम खत्म कर लिया है। मैं एक बड़े घर में पैदा हुआ था मैं एक बड़े घर में काम करने आया था। हाफ नो डैड। रीना फोन उठाती है और कहती है, क्या बात है? कोई खोज नहीं। तुम पूरी तरह से गायब हो गए हो। नहीं, अब आप पढ़ाई के दबाव को समझ सकते हैं। मैं वह सब छोड़ देता हूं। इसलिए मैंने फोन किया। खैर, एक बात और। आपके नाहिद की क्या खबर है? और खबर। वह पागल है। तुम पागल हो। मुझे एक बार एक पागल से प्यार हो गया था, फिर क्या हुआ। मार्ले का ब्रेकअप नहीं किया। मुझे कमीने गोलमाल को क्यों तोड़ना चाहिए? एक पागल है। पागलों की तरह कुछ काम करता है। तब आप रिश्ते में शामिल नहीं होना चाहते हैं। अरे, बताओ क्या कहूं। दिखाओ ... नहीं मैं पागल नहीं हूँ। लेकिन उस आदमी ने मुझे पागल कर दिया। क्या मैं उस पागल आदमी के बिना रह सकता हूँ? असंभव। जब तक मेरे पास जीवन है, मुझे उस पागल से प्यार हो जाएगा। बीच में एक समस्या थी। शाला चूमना चाहती थी। लेकिन शाला ने मेरी ओर ध्यान नहीं दिया। इसके लिए कुछ गुस्सा है। मैंने फिर सोचा। नहीं, यह मेरी गलती है। वह जितनी खूबसूरत दिखती हैं, मन के अंदर भी उतनी ही खूबसूरत हैं। तो आपका गुस्सा शांत हो गया है। मैं कुछ घंटों के लिए गुस्से में था। तो अब और मत करो। ये सही है, यह शादी से पहले ठीक नहीं है। इतना ही नहीं पिता और मां भी शादी के लिए राजी हो गए हैं। मैं जो कहता हूं वह सच है। तो ऐसा करने का क्या मतलब है। अरे, मैंने

उसे थोड़ी चोट लगने दी। प्यार का सही मतलब समझे। नाहिद सुन रहा था। हम लाउडस्पीकर पर बात कर रहे थे। लेकिन मैं कल डर गया था। बगीचे में। मैंने कहा, चलो, मैं अब वास्तव में उससे प्यार नहीं करता। सचमुच। अरे शिट नो रे। तुम मेरी प्रेमिका होना भी नहीं समझते। कैसे समझें। नाहिद बहुत खुश है। उसने कहा, तुम चाहते हो कि मैं दुख सहकर सुखी रहूँ। अरे तुम यहाँ हो हाँ मैं यहाँ हूँ नयना, तुमने मेरे साथ धोखा किया। मैं रोता हुआ घर आया। तुम बगीचे में हो। तुमने मुझे बुलाया, तो मुझे अपने साथ ले चलो। तो मेरा आपके लिए यही मतलब है। ओह। मैं समझता हूं कि राजकुमार ने बहुत कुछ सहा है। ओरे बाबू शोना। गुस्सा मत करो, गुस्सा मत करो। ठीक है तो एक काम करो। शाम के बाद। हमारे घर आओ, तुम दोनों बात करोगे। और नाहिद। अरे, मैं आपको नाहिद के साथ आने के लिए कह रहा हूं। ठीक है। मैं रख रहा हूँ। हां। फोन पर बात करने के बाद नयना ने नाहिद से कहा, सुनो, मैं समझता हूँ कि इसमें कुछ भी गलत नहीं है। यह तुम्हारी गलती है। वह आपसे इतना प्यार करता है कि वह फिर कभी खुद को हार नहीं मानेगा। और तुम्हारी बुद्धि, मैं अभी अपने प्रेमी की छोटी-छोटी इच्छाओं को पूरा नहीं कर सकता। अब कोई फर्क नहीं पड़ता। इनमें प्यार और भी बढ़ जाता है। प्यार आपको तरोताजा बनाता है। थोड़ा गंभीर महसूस करें। कैसे? जो शाम ढलने के बाद जाएगा। दूसरा गुलाब

मत खरीदो। चलिए चलते हैं। हो सके तो थोड़ा फुक्का खा लें। ठीक है, शाम को तैयार हो जाना, मैं समय पर पहुँच जाऊँगा। ठीक है।

15

खालिक और निफाज डॉक्टरों ने सैकड़ों लोगों को इकट्ठा किया है। इनमें कई युवा लड़के भी हैं। वे सेना के रूप में उपयोग किए जाने वाले स्वामी की तरह हैं। टीम प्रोग्राम करीम के नए घर में बनेगा। वृद्ध लोग हैं। युवकों के साथ। वे टीम चलाएंगे। उन्हें समाज को स्वस्थ और मजबूत रखने की जरूरत है। फजलू शेख गुस्से में उस पर नहीं बैठे हैं। वह समाज को बेहतर बनाने के लिए राजनीति में आ रहे हैं। लेकिन वह टीम के मुख्य व्यक्ति हैं। लेकिन उन्होंने यह चुनाव लोगों की खातिर लड़ा। नियामत ने आकर सादिक मतब्बर को सूचना दी कि कौन। वह चाचा करीम के चाचा के घर पर मौजूद रहने वाले थे। कब। शाम को। ओह। आपने इसे कहां सुना? फजलू शेख उस बजलूर चाय की दुकान में बात कर रहा था। उस समूह का पांडा। चाचा कह रहे थे कि फजलू एबुथ को कम से कम तीन या चार सीटें क्यों मिलेंगी। मैं कैसे समझूं। इस गांव में हर कोई करीम का समर्थन करता है। नियामत की राजनीति तुम इतना नहीं समझते। पार्थी जितना देख सकते हैं देखते हैं। कोई दिक्कत नहीं है। मैं वोट जीतूंगा। क्या करता है। अरे, गांव के लोगों को एक दो रुपए मिलते हैं झुक कर बैठो। उन्हें खाला खेलने दो। समय आने पर मैं

जीत जाऊंगा। मैं भी सुन रहा हूँ। क्या चाचा। मैंने सुना है उसका क्षेत्र बहुत अच्छा है। वह अपने बूथ को छोड़कर दूसरे गांव में अपना नाम कर रहे हैं। हालांकि पंचायत देखने का कोई फायदा नहीं है। मैं जिस बूथ पर खड़ा रहूंगा वह वहीं रहेगा। भाई रमजान शादी नहीं करेंगे। ऐसा लगता है कि वह मेरे साथ उड़ रहा है। चलो देखते हैं क्या होता हैं। टेस्ट के बाद दोबारा नहीं देखा जाएगा। मतदान से पहले परीक्षा होती है। नहीं, शिक्षा विभाग ने आज सुबह घोषणा की कि चुनाव एक महीने बाद होगा। ओह। तब परीक्षा की तारीख बहुत पीछे थी। हाँ लगभग चार महीने। ठीक है, तुम एक काम करो। करीम अब चुनाव लड़ रहे हैं, इस बार जमीन बेचनी है। अन्यथा आपको जीतने की जरूरत नहीं है। इसमें पैसा लगता है। अब पैसा नहीं है तो चुनाव नहीं है। मैं कहूंगा ठीक है। और हाँ, सुनो, नियामत। क्या। गिन्नी मुझसे मीट लाने को कह रही थी। दोपहर को मेरे साथ आओ। ठीक है। और न्यूज टैब पर नजर रखें। वह एक चाचा है। नियामत दोपहर में घर जा रही है। उस समय कुछ लोग समूहों में कहीं जा रहे थे। किधर जाए। एक कॉल। अरे मिया भाई, इधर आओ। कॉल करता है और पूछता है, अरे तुम कहाँ जा रहे हो? करीम का घर फिर कहां है। क्यों। इसकी जरूरत है। ऐसा बाद में होगा। मैं आपसे बाद में बात करुंगा। ठीक है, देखते हैं। वैसे उसे देखा जा सकता है। करीम के घर में आज कई लोग हैं। पिछवाड़ा भरा हुआ है। लोग फर्श पर बैठे हैं। कुछ लोग चिल्ला रहे हैं। यह

समझने योग्य है। बहुत से लोगों का जमावड़ा। कुछ देर बाद चाय के बिस्किट आ गए। बाजलू सबको चाय दे रहा है। नाहिद तुरंत बिस्कुट दे रहे हैं। कई लोगों को देखकर फजलू और उसके सदस्य हैरान रह गए। उस टीम के बिना बहुत सारे लोग हैं। फिर तीन महीने बाद क्या होगा। गांव के करीब साठ फीसदी लोग पहुंचे। ऐसा लगता है कि करीम की पार्टी को एक वोट मिला है. उस समय फजलू बैठक में खड़ा हो गया। हू हू ने अपना गला साफ किया। फिर कहने लगे। "प्रिय मेरे ग्रामीणों, मैं अपना हार्दिक निमंत्रण और प्यार देता हूं। हम आज यहां हैं। इसी कारण से। वह अन्याय के खिलाफ है। क्षेत्र के विकास के लिए उत्पीड़न के खिलाफ लड़ने के लिए। इसलिए हम सभी ग्रामीण हैं, एकजुट होकर एक टीम बनाएं। हमारे पास टीम को मैनेज करने के लिए कुछ लोग हैं। क्या आप हमारी तरफ से हैं? "सभी ने एक स्वर में कहा। हाँ, हम तैयार हैं। यदि आवश्यक हो, तो मैं आपको सब कुछ दूंगा। फजलू कहता है कि हमें आपका कोई सामान नहीं चाहिए। हमें सिर्फ एक वोट चाहिए। एक बार मेरा विश्वास करो। मूर्ख मत बनो। हम समिति आज या कल है।" बकुल मास्टर, खालिक और नफीज डॉक्टर ने बैठक को संबोधित किया और कहा कि हमारा मुख्य हथियार करीम भाई है। मैं करीम भाई, इंशाअल्लाह को देखकर मतदान करूंगा। बैठक का काम किया गया था। बनाने का काम समिति कल। बहुत परेशानी है। आपको पूरे दिन काम में व्यस्त रहना होगा। सबने एक स्वर में कहा। हाँ हम

तैयार हैं। जरूरत पड़ी तो मैं तुम्हें सारा सामान दूंगा। फजलू का कहना है कि हमें आपका कोई सामान नहीं चाहिए। बस एक वोट चाहिए। एक बार इसे आजमाएं। धोखा मत दो। हम प्रचार के लिए आज या कल एक कमेटी बनाएंगे। मैं सभी से सहमत हूं। कुछ को छोड़कर। बैठक को बकुल मास्टर, खालिक और नफीज डॉक्टर ने संबोधित किया। और कहा हमारा मुख्य हथियार करीम भाई है। मैं करीम भाई इंशाअल्लाह को देखकर वोट करूंगा। काफी देर तक भाषण चलता रहा। लगभग एक घंटे तक फुके। शाम छह बजे बैठक हुई। कमेटी बनाने का काम कल। बहुत परेशानी। आपको पूरे दिन व्यस्त रहना होगा। सबने एक स्वर में कहा। हाँ हम तैयार हैं। जरूरत पड़ी तो मैं तुम्हें सारा सामान दूंगा। फजलू का कहना है कि हमें आपका कोई सामान नहीं चाहिए। बस एक वोट चाहिए। एक बार इसे आजमाएं। धोखा मत दो। हम प्रचार के लिए आज या कल एक कमेटी बनाएंगे। मैं सभी से सहमत हूं। कुछ को छोड़कर। बैठक को बकुल मास्टर, खालिक और नफीज डॉक्टर ने संबोधित किया। और कहा हमारा मुख्य हथियार करीम भाई है। मैं करीम भाई इंशाअल्लाह को देखकर वोट करूंगा। काफी देर तक भाषण चलता रहा। लगभग एक घंटे तक फुके। शाम छह बजे बैठक हुई। कमेटी बनाने का काम कल। बहुत परेशानी। आपको पूरे दिन व्यस्त रहना होगा। खालिक और नफीज ने बात की। और कहा हमारा मुख्य हथियार करीम भाई है। मैं करीम भाई इंशाअल्लाह को देखकर वोट

करूंगा। काफी देर तक भाषण चलता रहा। लगभग एक घंटे तक फुके। शाम छह बजे बैठक हुई। कमेटी बनाने का काम कल। बहुत परेशानी। आपको पूरे दिन व्यस्त रहना होगा। खालिक और नफीज ने बात की। और कहा हमारा मुख्य हथियार करीम भाई है। मैं करीम भाई इंशाअल्लाह को देखकर वोट करूंगा। काफी देर तक भाषण चलता रहा। लगभग एक घंटे तक फुके। शाम छह बजे बैठक हुई। कमेटी बनाने का काम कल। बहुत परेशानी। आपको पूरे दिन व्यस्त रहना होगा।

16

देर हो रही है। मगरिब अज़ान चंद मिनटों में दी जा सकती है। उसी समय नाहिद नयन के घर में घुस गया। आप तैयार हैं? हाँ, तैयार। आपको आने में कितना समय लगता है। घर में बहुत काम था। तुम काम क्या करती? चलो ढेर सारा काम करते हैं, जल्दी चलते हैं। माँ, मैं रीना के घर जा रहा हूँ। आने में देर हो जाएगी। रात में बाहर जाने पर लोग खूब बातें करेंगे। गांव के लोगों को कुछ समझ नहीं आ रहा है। उनकी नजरें दिमाग के दूसरी तरफ हैं। इस गांव के लोग बिल्कुल अलग हैं। ठीक है माँ। मैं जाता हूँ। आओ घूमने चले। हां। अरे, नहीं, साइकिलें हैं। ओह ठीक है तो। मैं उठकर बैठ जाता था। यह शेड है। साइकिल की सवारी करने लगे। नयन पीछे बैठी है। गांव का कोई देख रहा है। नयना पीछे से कहती है, खैर, रीना ने ऐसा

क्यों कहा कि वह मुश्किल में है? अरे प्यार मतलब थोड़ा सा रोमांस। रोमांस न हो तो प्यार का क्या फायदा? मैं नहीं जानना चाहता कि क्यों। वह रीना के घर कुछ और किस्से सुनाने आया था। मैं पहली बार घर के गेट में रीना के पिता से मिलने के लिए गया था। नाहिद ने देखते ही अभिवादन किया। अस्सलामु अलैकुम चाचाजी। अलैकुम सलाम। क्या बात है पापा आज शाम। खबर अच्छी है। हाँ चाचा। मेरी आत्मा के साथ। नयना रमजान मातब्बर की पोती हैं। घर की नींव में जाओ। वह घर के अंदर चला गया। नीचे कुछ लोग हैं। शायद रीना की मेहमान। रीना की मां ने नाहिद को देखा और रीना को फोन किया। रीना कहाँ है? नाहिद नयना आ चुके हैं। नाहिद ने यह सोचकर सुंदर कपड़े पहने हैं कि वह आएगी। नीचे आया। रीना क्या सोचती है खुश। उन्हें नीचे से ऊपर तक ले गए। और उसने अपनी माँ से कहा, मां आयशा से कॉफी बनाने के लिए कहती थी। ओह! वह सही है। आयशा आयशा. गिनिमा ने कहा। क्या करें। ऐसा कुछ नहीं ।रीना तीन कॉफी लेकर घर आती है। उसके दोस्त आ गए हैं। ओह, मैं जा रहा हूँ। अभी नहीं जा रहा है। ठीक है। नाहिद रीना के कमरे में दाखिल हुआ। उसने दोनों को सोफे पर बैठने को कहा। वे नीचे बैठ गए। रीना दूसरे सोफे पर बैठ गई। सोफे के सामने कांच की एक बड़ी मेज है। मेज पर कांच का फूलदान। कुछ खूबसूरत फूल हैं। देखकर बहुत अच्छा लगा। रीना कैसी हो? अच्छा। आप। मैं भी ठीक हूँ। लेकिन ऐसा लग रहा है कि वह काफी

फीके नजर आ रहे हैं। आपका क्या मामला है खराब शरीर या बच्चा। कोई शरीर खराब नहीं है। वह परीक्षा के सामने पढ़ाई का दबाव है। आप मछली को साग से ढक रहे हैं। उसे ढक दो। कोई प्रतिबंध नहीं है। तो अगर आपको बहुत बुरा लगता है। आयशा कॉफी लेकर कमरे में दाखिल हुई। दादी कॉफी। इसे छोड़ो कुछ और चाहिए। नहीं। तुम जाओ जरूरत पड़ी तो मैं फोन करूंगा। ठीक है। ठंड हो जाएगी। ये आप ले लो। खाने का मन नहीं कर रहा है। नयना ने कॉफी मग का एक घूंट लिया। खाने का मन नहीं है, मैं तुम्हारा पोषण करूंगा। दे देंगे। मैं क्यों नहीं दे सकता। तुम यह कर सकते हो। नहीं, मैं खिला रहा हूं। इस नाओ बाबू को सुनो। अब तुम खाओ। दोनों एक ही मग में खेलते थे। खाने के कुछ मिनट बाद आखिरी कॉफी। मुझे अपनी ख़बर सुनाओ। मैं क्या कह सकता हूँ? आपका क्या मतलब है? क्या तुमने कभी सोचा था कि मैं तुम्हारे बिना बेहतर होता? मैं कैसे विश्वास करूं कि मैं अब तुमसे प्यार नहीं करता मेरा मतलब यह नहीं है। सुनो, तुम चले भी जाओ तो मैं तुम्हें नहीं छोड़ूंगा। मुझे हज़ारों समंदर मिले, मैं असली मोतियों की तलाश में था। और मैं इसे एक पल में फेंक दूंगा। कोई कीमत नहीं है। रीना, मैं तुमसे वादा करता हूँ कि मैं तुम्हें कभी चोट नहीं पहुँचाऊँगा। मैं आप सबकी बात सुनूंगा। रीना का कहना है कि मैं भी गलत था। तुम मुझे खामा दो। नयना ने रीना की तरफ देखा और एक बार कहा, रीना मैं रे के नीचे से आती हूं। तुम लोग बात करो। रीना मान

जाती है नाहिद कहते हैं अरे तुम मुझे कहाँ छोड़ रहे हो। चलो दादी से मिलते हैं। तुम लोग बात करो। नयना घर से निकली और नीचे रमजान मातब्बर की पत्नी के पास आई। यानी रीना की मां को। रीना बहुत खुश है। रीना नाहिद के पास आने जाती है। उसके पास बैठे। नाहिद का सीना दूर होता जा रहा है। रीना अब उत्साहित हैं। बिना समय बर्बाद किए। आमने सामने रखता है। अंतहीन चुंबन। नाहिद अधिक कुछ नहीं कहता और रीना को छोड़ देता है। यह सब एक पल में खत्म हो गया है। जिनके गाल बेहद खूबसूरत लाल हैं। हालांकि नाहिद इस बार खुद को रोक नहीं पाए। उन्होंने खुद को रोमांचक अंदाज में पेश भी किया। चुंबन खाने की गतिविधियां खत्म हो गई हैं। रीना बहुत खुश है। नाहिद को शर्म आती है। रीना ने कहा, मैं कुछ चीजों के लिए सहज नहीं था। लेकिन आज मैं खुद को धन्य महसूस कर रहा हूं। नयना अपनी दादी से बात कर रही थी। कहानी खत्म होते ही दादी कहती हैं। दादी को ऊपर घर जाना है। आइए बात करते हैं रीना की। ठीक है। रीना की मां को नहीं पता था कि नयना नीचे क्यों आई। मैं मन ही मन हँस रहा था। नयना ऊपर जाती है और कंठ से प्रवेश करती है। फिर मैं घर नहीं जाऊँगा। हाँ चलो चलते हैं। रीना अलविदा कहकर घर आई। रहीम और नादेर ने आकर रमजान मातब्बर को बताया। बुकुल मास्टर नहीं माने, लेकिन करीम की टीम में शामिल हो गए। ये सही है। ये बहुत मुश्किल है। फिर बूथ नंबर दो पर निफाज को खड़ा करूंगा. और अन्य बूथों में

क्या होगा। जिन्हें बाद में देखा जाएगा। अब मैं इन दो बूथों के बारे में सोच रहा हूं। बता दें कि निफाज. ओके को पार्टी सदस्य के रूप में नामित किया गया था। ठीक है। और तुम पार्थी भी हो जाओगे। बूथ तीन और चार। एक और होगा सुबिद मिया। वह बूथ नंबर पांच पर खड़े होंगे। बस, इतना ही। नादर ने कहा, फिर पार्थी द्वारा नॉमिनेट किया गया काम खत्म हो गया है। जितना हो सके उतना धन जुटाएं। और बाकी दूंगा। कैसे? जिन्हें मनोनीत किया गया है, उनके साथ अलग से बैठक होगी। पार्टी कार्यालय में होगी। और पीपुल्स पार्टी देगी या नहीं देगी। महसूस नहीं होता। उसे देखा जाएगा। अगली सुबह नाहिद की जेब में फोन आया। जींस पैंट की जेब में। बड़ा स्मार्टफोन। नमस्ते। मुझे बताओ। क्या बात है इतनी सुबह फोन करो। ऐसा कुछ भी नहीं है। ओह यह अच्छी बात है। आप क्या कर रहे हो यह पिताजी चुनाव के लिए चर्चा से बाहर हैं इसलिए मैं जा रहा हूँ। ओह। अच्छी बात है। तुम्हारे पिता अपने ससुर के खिलाफ लड़ रहे हैं। तुम्हारी शादी हो जाएगी। वह भगवान का मामला है। लेकिन मैं हमेशा रीना को पाना चाहता हूं। ऐसा लगता है कि यह जेनिस उस दिन की घटना के बाद से मेरा एक और रोमांचक लालच पैदा कर रहा है। सचमुच। मैं वास्तव में आपसे झूठ नहीं बोल रहा हूँ। खैर, नहीं, आप कहते थे कि यही प्यार है। मैं उसे नहीं जानता। ये आंखें बाद में तुमसे बात करेंगी। में समज। अभी बहुत काम है। ठीक है मैं बाद में बात करूंगा ठीक है। उसी समय करीम ने फोन

किया। नाहिद बाबा कहाँ हैं? आ जाओ हां पिताजी। बकुल मास्टर ने कहा, अब आपको सामने यासीन के घर में घुसना है। हाँ मास्टर। फजलू ने कहा, कोई फजलू भाई है या नहीं। थोड़ी देर बाद जवाब आया। हां मैं हूं घर आओ अंदर पूरी टीम के साथ प्रवेश किया। और नफीज डॉक्टर ने कहा, तुम देखो भाई, तुम सब कुछ जानते हो। कोई बात नहीं। करीम भाई हमारे बूथ के मेहमान हैं। वोट जरूर देना चाहिए। हाँ भाई, बिल्कुल। कोई चिंता नहीं। भाई आपको किसी भी ब्रांड के लिए वोट करना है। चुनाव आयोग ने अभी तक कोई निशान नहीं दिया है। नामांकन फाइल कल। आस-पड़ोस में चुनावी कार्यक्रम चलाएं। लगभग सभी मोहल्लों को भारी वोट प्रतिक्रिया मिली। विपक्षी दलों ने उपचुनाव का बहिष्कार करने का आह्वान किया। लेकिन वे आम लोगों के चेहरों से संतुष्ट नहीं थे। लगभग सत्तर प्रतिशत लोग असंतुष्ट हैं। करीम की पार्टी ने हर बूथ पर पार्टी दी है. पार्थी ने पांच संसदों में दिया है। या चयनित। करीम की पार्टी, सोशलिस्ट पार्टी ऑफ थमथमपुर (एसपीएफ़) कल दस्तावेज़ दाखिल करेगी। रमजान मातब्बर ने अपनी पुरानी पार्टी अध्यक्ष की गलतफहमी को तोड़ दिया और पीपुल्स पार्टी में लौट आए। उनकी पार्टी हो चुकी है। पीपुल्स पार्टी ऑफ रमजान ने आज अपना नामांकन दाखिल कर दिया है। स्थानीय वीडियो के. सादिक मताब्बर खुद खड़े थे. पिछली संसद में. उन्हें भी पक्ष दिया गया है

लेकिन नामांकन जमा कर दिया गया है आने वाला कल। सोशलिस्ट पार्टी के जमा करने का दिन।

16

दिन मंगलवार था। सुबह करीम की पार्टी चल रही है। अब्दुल करीम शेख, पार्टी अध्यक्ष, यानी दूसरी संसद के उम्मीदवार। सह-अध्यक्ष का अर्थ है एक डॉ. नफीज अली, संसद के एक पार्टी सदस्य। संपादक फजलू शेख। सारे पेपर ठीक कर रहे हैं। इस बीच, सादिक ने पहले ही काम की व्यवस्था कर ली है। क्योंकि वह सब कुछ जानता है। कुछ दिनों पहले से वह ग्यारहवीं संसद के लिए संसद सदस्य थे। इसके अलावा, वह लंबे समय से राजनीति में हैं। वहाँ से परिपक्व आदमी। कहने की आवश्यकता नहीं। सरकार ने परीक्षा की तारीख में बदलाव किया है। सरकार अपने हित में छात्रों के भविष्य के साथ खिलवाड़ कर रही है। नाहिद का टेस्ट पहले खराब होता तो बेहतर होता। पिताजी चुनाव पर काम कर सकते थे। पिताजी को जीतना चाहिए। तब बहुत सी चीजें काम आएंगी। नाहिद और सुजान के पूर्व दोस्त सुजान ने अब सादिक से हाथ मिला लिया है। अब उन्हें पार्टी के युवा अध्यक्ष का पद मिल गया है. उसका मूड देखना मुश्किल है। वह यह कहते हुए भी वायरल हो रहे हैं कि वह पार्टी के लिए खुद को कुर्बान करने को तैयार हैं। कुछ युवक मिलकर गुंडागर्दी करने की योजना भी बना रहे हैं। वह अपने भाषण में

अभद्र भाषा का प्रयोग करते रहे। लोग सोचते हैं नफरत फैल रही है। वह युवा समिति के नेता बनकर दबंग बन गए हैं। उसे कौन रोकता है। नयना के घर नयना और रीना आ रहे हैं। अरु तुम मायने यह रखता है कि वह कहाँ जाता है। आपसे बात करना ठीक नहीं है। क्यों। मैंने क्या गलत किया है? कोई दोष नहीं है। क्या तुमने कभी मुझे खोजा है? सिर में खुजली और यय कहने का अर्थ है। पिताजी के चुनाव के लिए काम नहीं करना है। मुझे सभाएँ, जुलूस आदि भी करने पड़ते हैं। इसलिए। ओह। तो क्या तुम मेरे बारे में भूल जाओगे? ससुर के खिलाफ चयन। शर्म मत करो। फिर क्या शर्म। ससुर का बूथ अलग है। ससुर के साथ हमारा कोई राजनीतिक संबंध नहीं है। या अपने पापा से काफी प्यार करो। मान सम्मान। बेशक वह है। मैंने आपको इसके बारे में कुछ बताया था। बिलकूल नही। चलो कल टहलने चलते हैं। कहा पे। चलिए चलते हैं। अरे, मुझे मत बताओ कि कहाँ जाना है। ए: ए: ए: सपनों के पार्क में। वहां क्या करना है। उसे देखा जाएगा। हां। आंखें चली जाएंगी। ऐसा क्या? हां। ठीक है आज। मैं आपको शाम को बता दूँगा। मैं मीठे पैसे लेकर भोला की दुकान पर गया। सीयर बताएगा। मुझे बताओ। चलो अब चलते हैं।

16

आज सोशलिस्ट पार्टी की नामांकन फाइल या नामांकन पत्र जमा करने का दिन है। कागजी कार्रवाई और कुछ पार्टी का काम था। वे समाप्त हो गए हैं। अब बीडीओ कार्यालय में जाकर जमा करने का समय है। तो कार्यालय में चुनाव अधिकारी पार्टी कार्यकर्ताओं व समर्थकों के साथ मौजूद। कई जमा कर रहे हैं। और वह कुछ देर बाद लाइन पढ़ेगा। समय बीतता है। लंबे समय से लाइन में हैं। एक होने के नाते। फिर उसका होगा। पिछली पार्टी का सबमिशन खत्म हो गया है। रेखा गिर गई। कागजात चुनाव अधिकारी को सौंपे गए। अधिकारी सत्यापन कर रहे हैं। कागज को ध्यान से देख रहे हैं। अधिकारी ने पूछा, श्रीमान, आपका नाम क्या है? मेरा नाम करीम शेख है। यहां मैं आपकी नई टीम देखता हूं। हां। ठीक है। आपका बूथ नंबर दो। दूसरे नंबर पर है पार्थी। ब्रांड प्रशंसक है। पंजीकरण कार्ड की यह पर्ची लें। कमरा क्रमांक ग्यारह में जाकर हस्ताक्षर कर मोहर ले लो। मुख्य अधिकारी से। धन्यवाद महोदय। करीम और उसके दल को मुख्य अधिकारी के कमरे में प्रवेश करना पड़ा। निषेध जारी। पार्टी और पार्टी के नेता ही आएंगे। चूंकि करीम पार्टी के नेता हैं और खुद पार्थी। तो वह अकेला चला गया। अधिकारी ने पंजीकरण दिखाने के लिए हस्ताक्षर किए। और करीम को एक कागज़ का टुकड़ा दिया। कई जगह टिक हैं। वहां करीम यानी फैन मार्कर पार्थी ने साइन किया। वह पहली बार पार्टी के सदस्य हैं। नामांकन पत्र बड़ी धूमधाम से जमा किए गए। और करीम ने चुनावी

प्रक्रिया के सुचारू संचालन के लिए पार्टी को एक विशेष भाषण दिया। करीम ने आज खुला भाषण दिया। इस तरह बोलने का अधिकार गांव के मातबारों को है था। आज का नया चेहरा। हालांकि उन्होंने एक बार भी विपक्ष की आलोचना नहीं की. उन्होंने बार-बार लोगों को अपनी जिम्मेदारी और विकास के बारे में समझाया है। गाँव के अनपढ़ लोगों ने इतना अच्छा भाषण कभी नहीं सुना। सांप्रदायिक और पक्षपातपूर्ण हिंसा और भड़काऊ बयानों के साथ ही लोगों का ध्यान वोट की ओर गया है. इस बार नए चेहरों पर विश्वास। विपक्षी समूहों ने विधानसभा के बहिष्कार का आह्वान किया। लोगों को भड़काना। करीम के विपक्षी दल मायूस हैं। बैठक में कम लोग। रमजान मातब्बर भी डरा हुआ है। क्यों नहीं। गांव के लोग अब उसकी नहीं सुन रहे हैं। गांव के लोग समझते हैं कि उन्होंने कितना ठगा है। लोगों ने भड़काऊ बयान देकर अपना ध्यान वोट की ओर लगाया है। इस बार नए चेहरों पर विश्वास। विपक्षी समूहों ने विधानसभा के बहिष्कार का आह्वान किया। लोगों को भड़काना। करीम के विपक्षी दल मायूस हैं। बैठक में कम लोग। रमजान मातब्बर भी डरा हुआ है। क्यों नहीं। गांव के लोग अब उसकी नहीं सुन रहे हैं। गांव के लोग समझते हैं कि उन्होंने कितना ठगा है। लोगों ने भड़काऊ बयान देकर अपना ध्यान वोट की ओर लगाया है। इस बार नए चेहरों पर विश्वास। विपक्षी समूहों ने विधानसभा के बहिष्कार का आह्वान किया। लोगों को भड़काना। करीम के विपक्षी

दल मायूस हैं। बैठक में कम लोग। रमजान मातब्बर भी डरा हुआ है। क्यों नहीं। गांव के लोग अब उसकी नहीं सुन रहे हैं। गांव के लोग समझते हैं कि उन्होंने कितना ठगा है.

19वैसे भी अब बहुत परेशानी है। मतदान का समय। हालांकि, सादिक और रमजान की टीम का काम खत्म हो गया है। मुझे लगता है कि गांव के प्रमुख लोग। लेकिन पुरानी टीमों को फेंक देना और नए को दिखाना बेहतर है। चुनाव प्रचार जोरों पर है। सादिक, करीम और रमजान। तीनों पार्टियों का दुष्प्रचार घातक है। उसके साथ नाहिद और रीना का जटिल प्यार चल रहा है। अब सब ठीक हे। हालांकि नाहिद के पिता ने रमजान के खिलाफ लड़ाई लड़ी, लेकिन रमजान मातब्बर नाहिद से काफी प्यार करते हैं। सादिक के इलाके में नाहिद के पास दो एकड़ जमीन थी। सादिक इसे निगल नहीं सकता। क्योंकि ये दोनों अब दो ध्रुवों के लोग हैं। कौन किसको देखता है और चुनाव के कुछ ही दिन हैं। इसी बीच रमजान मातब्बर नाहिद के घर में घुस गया। आप कहाँ हैं? रमजान मातब्बर का छोटा करीम। लगभग सात साल छोटे होंगे। फिर से प्रभावशाली व्यक्ति गांव से है। करीम घर से बाहर आ गया। यह देख रमजान मातब्बर बगीचे में खड़े हैं। हाथ में बेंत। विलासिता के साथ विलासिता रमजान का नौकर है। उनका अनुदान भी कम नहीं है। गांव ने बहुत कुछ बचाया है। बेशक रमजान की मदद से। लेकिन यह कोई नहीं जानता सिवाय रमजान और विलासिता के।

रमजान मातबाराई ने बिलास के. नाहिद के पिता करीम ने कहा, मेरे घर में मेरे बड़े भाई के चरणों की धूल है, मेरा क्या सौभाग्य है। कोई रे नहीं कुर्सी दे कर्ता मोशाई के। नाहिद रीना के पिता को देखता है और उसे सलाम करता है। और जल्दी से एक कुर्सी ले आया। नाहिद घर चला गया। माँ के लिए मां को बता दें कि रमजान अंकल आ गए हैं। मैंने अपनी माँ को कॉफी बनाने के लिए कहा। नाहिद की मां कॉफी बनाने गई थी। रसोईघर में। मैं समझता हूँ, रे करीम, आपके पास अभी अच्छा समय है इसलिए मैं चला गया। आपके घर आने के लिए। इस मीठे बर्तन को पकड़ो। बाउमा को गेंद कौन रखनी है. इसलिए उसने विलासिता करीम को सौंप दी। करीम व्याबचका खाता है। बड़े भाई मेरे घर में मीठा बर्तन क्यों है। तुम डरे क्यों हो? मैं क्या नहीं ला सकता। आप ऐसा कर सकते हैं लेकिन आप हमारे मालिक हैं। हम आपकी जमीन साझा करते हैं और इसे अनुबंध पर खाते हैं। हमें शर्मिंदा मत करो। ये बातें मेरे दिमाग में तब आई जब मैं चुनाव में पार्टी का सदस्य बनकर सबके खिलाफ लड़ने जा रहा था। मैं किसके खिलाफ लड़ने जा रहा हूं? सुनो, इसे छोड़ दो। मुझे लगता है कि हर कोई एक बुरा इंसान है। लेकिन इस आदमी ने मेरे बिना कोई काम नहीं किया है। राजनीति करोगे तो सब बुरे होंगे। यह सच्चाई है। राजनीति में पहला नाम बाद में महसूस होगा। हालाँकि, वह आपका निजी मामला है। मेरे बूथ में कोई समस्या नहीं है। मुझे वोट दीजिए। गुरु, मैं उसे जानता हूँ।

ठीक है, अब आपको ऐसा करने की ज़रूरत नहीं है। इस बार मुझे अलविदा कहना है। कैसे मालिक। अरे, मैं रीना की शादी नाहिद के साथ लाया हूं। नहीं रीना गुरुजी। फिर से मास्टर। बड़ा भाई या भाई क्यों नहीं जा रहा है? नहीं यह नहीं। मेरी बेटी की शादी का प्रस्ताव सुनो। तुम क्या कह रहे हो यह संभव नहीं है बड़े भाई। सुनो, सब कुछ संभव है। मैं समाजवादी नहीं कहता, और मैं इसे अपने चेहरे पर नहीं कहता। वास्तव में, यह बड़ा भाई नहीं है। आप लोग मालिक हैं। हम आपके साथ नहीं जाते। मुझे यह भी पता है। मुझे समझाने की जरूरत नहीं है। इन शब्दों को सुनना एक विलासिता है। विमरी खाने का स्रोत विलासिता है। हां। रमज़ान मातब्बर कहते हैं, वो हछरा हा क्यों। चुप रहो उस समय नाहिद कॉफी लेकर आया था। कॉफी लेकर चला गया। वह घर की हर बात सुन रहा था। और वह सब कुछ जानता है। और क्या कहा जाए। इस गांव में किसी का रुतबा है या नहीं। कॉफी की चाय लेकिन घर में सभी के पास होती है। क्योंकि यहां कॉफी की खेती होती है। क्या तुम समझ रहे हो? नहीं मेरा मतलब मुझे नहीं पता था कि वे दोनों एक दूसरे से प्यार करते हैं। सुनो, मैं बुरा हो सकता हूं, लेकिन यह एक निजी मामला है। लेकिन यह उन पर निर्भर है कि मेरे बेटे और बेटी की शादी कौन करेगा। मैं अपने बेटे और बेटी से ठीक से प्यार करता हूं। उनकी खुशी के लिए मैं दुश्मन के साथ संबंध बनाने को तैयार हूं। ठीक है, चलो उठो। मैं एक और दिन आऊंगा। चलो निर्वाचित हो जाओ।

चुनाव के बाद या शादी होगी। इस समय को अठारह वर्ष बीत चुके हैं। नाहिद एकुशी के भी करीब हैं। मैं शादी के जरिए उनकी देखभाल करूंगा। आपको परवाह नहीं है। कोई डर नहीं। मैं उतना बुरा नहीं हूँ जितना तुम समझते हो। चलिए चलते हैं। इतना कहकर रमजान कॉफी का मग छोड़कर घर से निकल गया। करीम नाहिद और नाहिद की मां को बुलाता है। यहाँ आओ, नाहिद की माँ। नाहिद भी आए। ज्ञानी या गेंद। श्री मोरल ने कहा, क्या वह सही है? हां पिताजी। मुझे रीना से प्यार है। क्या आपका सिर खराब था? अमीर आदमी की बेटी के प्यार के लिए। नाहिद अब बात नहीं करता। सिर झुका हुआ है। काफी फटकार के बाद वह घर के अंदर चला गया। सारी बात नाहिद की मां यानी करीम की पत्नी को बताई। सब कुछ सुनने के बाद नाहिद की मां सुरमिला कहती हैं, तो मिस्टर मतब्बर को ठीक से बताना चाहिए। इतनी अच्छी खबर। हाँ बिल्कुल सही है। क्या आप सहमत हैं, नाहिद के पिता? मैं क्यों नहीं मानता, जब श्री मतब्बर खुद आकर प्रस्ताव देते हैं। नाहिद की मां का कहना है कि लड़की भी बेहद खूबसूरत है। हाँ यह बहुत बुद्धिमान लगता है। शिक्षित। ठीक है, मैं थोड़ा बाहर जा रहा हूँ। जब मातब्बर सड़क पर चल रहे होते हैं तो बिलास कह रहे होते हैं, अच्छा साहब, मैं कुछ कहूंगा। मुझे बताओ। दोस्तों, क्या आप पागल हैं? आपका क्या मतलब है? फकीर के बेटे की मां से शादी का प्रस्ताव कहां है. फिर से अपने आप। बू बू: मुझे विश्वास नहीं हो रहा है। उसे आपकी बात

मानने की जरूरत नहीं है। हम आशान्वित हैं। वे प्रसन्न नहीं हैं। और क्या हुआ अगर वह एक फकीर का बेटा है। लड़का अच्छा है। इसके अलावा मेरे पास पैसों की कोई कमी नहीं है। मेरे साथ कुछ होगा या कुछ होगा। आपको इसके बारे में चिंता करने की ज़रूरत नहीं है। तुम अपना काम करो। फिर भी गुरु। विलासिता चुप हो जाती है।

20

तरह-तरह के राजनीतिक दंगे हो रहे हैं। बीडीओ कार्यालय में तोड़फोड़ की। पुलिस बल वहां नियंत्रण नहीं कर सका। बाद में स्थानीय थाने की पुलिस ने पुलिस आलाकमान कार्यालय को फोन किया. हालाँकि, फोन अंत की ओर कॉल करता है। उस समय कुछ लोग मारे गए और घायल हो गए। हालांकि, सत्तारूढ़ दल ने स्थानीय सरकार के आदेश पर यह बुरा काम किया। पंचायत चुनाव में विपक्षी खेमा कहीं और प्रत्याशी नहीं उतार सका। थमथमपुर पंचायत चुनाव में पार्टी ने पहले ही नामांकन पत्र जमा कर दिया था. सत्ता पक्ष के ठगों ने सत्ता पक्ष के विपक्षी सदस्यों के घरों पर भी छापेमारी की। पुलिस भी धमकाने के लिए जाती है। हालांकि अंतत: पुलिस मुख्यालय से आई, ढेर सारी पुलिस। जाल में आ गया। शील्ड, कदनी गैस स्टिक आदि लाए गए हैं। पानी कार, ताकि इसे पानी से रोका जा सके। विपक्षी खेमे के लोगों के पास पहुंची पुलिस,

पानी मारता है। कई मारे गए और उनके सिर उड़ा दिए गए। यहां तक कि पूर्व प्रोफेसर और विधायक नसीरुद्दीन साहिब की भी हत्या कर दी गई और सत्ताधारी पार्टी के पुलिस बल ने उनका सिर फोड़ दिया। जिले में पार्टी के नाम पर गुंडागर्दी का बोलबाला है। किसी बूथ पर कोई पार्टी नहीं है। नामांकन पत्र जमा करने वाले, सत्ताधारी दल के ठगों और पुलिस बलों ने उन्हें अपना नामांकन पत्र वापस लेने के लिए मजबूर किया। आम लोग कहां खड़े होंगे। किधर जाएं। देश में विलाप। कोई खाना नहीं कोई उद्योग नहीं। कोई शिक्षा व्यवस्था नहीं। नेता राजनीतिक फायदे लूट रहे हैं। जब अशिक्षित लोग नेता बन जाते हैं, तो देश उजड़ जाता है, लूसिया देश में यही हो रहा है। लूसिया के प्रधानमंत्री ने देश के पंचायत चुनाव में तहलका मचा दिया. अराजकता और आतंक मूल लूसिया पर उतरा। हालांकि, थमथमपुर पंचायत प्रभावित नहीं हुई। क्योंकि अभी पंचायत का बंटवारा हुआ है। विभाजन के पहले चुनाव से पहले सरकार ने जनता को खाना खिलाया। लेकिन इसने सत्तारूढ़ पार्टी प्रमुख को बर्खास्त कर दिया है। या उन्होंने नहीं किया। लेकिन थमथमपुर के लोग करीम की पार्टी सोशलिस्ट पार्टी को वोट देंगे. गांव के लोग एकजुट हो गए हैं। कोई दंगा नहीं हुआ। सत्तारूढ़ दल रमजान मातब्बर की पार्टी है। वह लंबे समय से गांव पर राज कर रहे हैं। इस बार इसमें काफी कमी आई है। बहरहाल, विपक्षी खेमा यानी करीम के बेटे से लड़की की शादी रमजान मातब्बर के बारे में सोच रहे हैं।

कुछ दिनों में चुनाव आ जाएगा। और वक्त नहीं। इस बीच, सादिक गिलहरी की तरह पैसे बिखेर रहा है। उसे जीतना चाहिए। क्योंकि अगर आप पंचायत चुनाव नहीं जीत पाए तो शर्म की बात है, साथ ही बड़ी आमदनी का रास्ता मैदान पर ही मर जाएगा. फिर से कम समय। सादिक के बेटे जनसेवा में लगे हैं। घर की लड़कियों को देने के लिए बुनकर साड़ी लाई जाती है। क्विंटल क्विंटल ने चावल, दाल, तेल आदि खरीदा। लोगों को देने के लिए। ताकि आम लोग सादिक को वोट दें। सादिक के बच्चे आते ही उछल पड़ते हैं। उन्होंने सादिक को भी बरगलाया और साड़ी, चावल, दाल, तेल आदि हटा दिए। पचास प्रतिशत गांव में बांटा गया। पचास प्रतिशत अपने लिए हटा दिया। उसने सादिक को पता भी नहीं चलने दिया। बेशक, लड़के ने सभी हॉप्स किए हैं। पैसा कीचड़ की तरह बिखर रहा है। उसे जीतना चाहिए। क्योंकि अगर आप पंचायत चुनाव नहीं जीत पाए तो शर्म की बात है, साथ ही बड़ी आमदनी का रास्ता मैदान पर ही मर जाएगा. फिर से कम समय। सादिक के बेटे जनसेवा में लगे हैं। घर की लड़कियों को देने के लिए बुनकर साड़ी लाई जाती है। क्विंटल क्विंटल ने चावल, दाल, तेल आदि खरीदा। लोगों को देने के लिए। ताकि आम लोग सादिक को वोट दें। सादिक के बच्चे आते ही उछल पड़ते हैं। उन्होंने सादिक को भी बरगलाया और साड़ी, चावल, दाल, तेल आदि हटा दिए। पचास प्रतिशत गांव में बांटा गया। पचास प्रतिशत अपने लिए हटा दिया। उसने सादिक को पता भी नहीं चलने

दिया। बेशक, लड़के ने सभी हॉप्स किए हैं। पैसा कीचड़ की तरह बिखर रहा है। उसे जीतना चाहिए। क्योंकि अगर आप पंचायत चुनाव नहीं जीत पाए तो शर्म की बात है, साथ ही बड़ी आमदनी का रास्ता मैदान पर ही मर जाएगा. फिर से कम समय। सादिक के बेटे जनसेवा में लगे हैं। घर की लड़कियों को देने के लिए बुनकर साड़ी लाई जाती है। क्विंटल क्विंटल ने चावल, दाल, तेल आदि खरीदा। लोगों को देने के लिए। ताकि आम लोग सादिक को वोट दें। सादिक के बच्चे आते ही उछल पड़ते हैं। उन्होंने सादिक को भी बरगलाया और साड़ी, चावल, दाल, तेल आदि हटा दिए। पचास प्रतिशत गांव में बांटा गया। पचास प्रतिशत अपने लिए हटा दिया। उसने सादिक को पता भी नहीं चलने दिया। बेशक, लड़के ने सभी हॉप्स किए हैं। सादिक के बेटे जा चुके हैं। घर की लड़कियों को देने के लिए बुनकर साड़ी लाई जाती है। क्विंटल क्विंटल ने चावल, दाल, तेल आदि खरीदा। लोगों को देने के लिए। ताकि आम लोग सादिक को वोट दें। सादिक के बच्चे आते ही उछल पड़ते हैं। उन्होंने सादिक को भी बरगलाया और साड़ी, चावल, दाल, तेल आदि हटा दिए। पचास प्रतिशत गांव में बांटा गया। पचास प्रतिशत अपने लिए हटा दिया। उसने सादिक को पता भी नहीं चलने दिया। बेशक, लड़के ने सभी हॉप्स किए हैं। सादिक के बेटे जा चुके हैं। घर की लड़कियों को देने के लिए बुनकर साड़ी लाई जाती है। क्विंटल क्विंटल ने चावल, दाल, तेल आदि खरीदा। लोगों को देने के लिए। ताकि आम लोग सादिक

को वोट दें। सादिक के बच्चे आते ही उछल पड़ते हैं। उन्होंने सादिक को भी बरगलाया और साड़ी, चावल, दाल, तेल आदि हटा दिए। पचास प्रतिशत गांव में बांटा गया। पचास प्रतिशत अपने लिए हटा दिया। उसने सादिक को पता भी नहीं चलने दिया। बेशक, लड़के ने सभी हॉप्स किए हैं। घुणकसारे को भी नहीं पता था। बेशक, लड़के ने सभी हॉप्स किए हैं। घुणकसारे को भी नहीं पता था। बेशक, लड़के ने सभी हॉप्स किए हैं।

21

वह दिन सोमवार था। एक सप्ताह पहले स्कूल की छुट्टियां खत्म हो गई थीं। स्कूल में अब ताला लगा हुआ है। हाई स्कूल की बात हो रही है। चुनाव आयोग जवानों को भेज रहा है. और सबसे पहले यह स्कूल यानि रीना नादिद स्कूल आएगी। क्योंकि पंचायत में एक ही हाईस्कूल है। सेना हर जगह बीडीओ भेज रही है। सिले कट पैंट शर्ट। लंबा लंबा आदमी। उसके गले में एक बड़ी राइफल है। नमल हाई स्कूल के गेट के सामने करीब डेढ़ हजार का होगा। इस बारे में कोई संदेह नहीं है। एक बड़ा सज्जन है। उनकी ओर इशारा करके उन्होंने क्या कहा? थाने का बड़ा भाई श्री अब्दुस सलाम के साथ अंग्रेजी में क्या कह रहा है। ठीक से समझ में नहीं आया। फिर भी बटबाबू कहते हैं नहीं। स्कूल के केयरटेकर ने आकर स्कूल का दरवाजा खोला. स्कूल की पहले ही साफ-सफाई की जा चुकी है। बेशक, यह रमजान के दौरान किया गया था। वह कुछ दिन पहले

भी क्षेत्र के मुखिया थे। जब नई पंचायत का बंटवारा हुआ तो वह हरताकर बन गया। नतीजतन, वह वहां का बड़ा आदमी है। अंत में रमजान मातब्बर आ ही गया। निरीक्षक उसने बाबू से कहा, सब ठीक है। बरबाबू ने सलाम किया और कहा। क्या हुआ अगर पुलिस. श्री सलाम नेताओं के चरणों में गिर जाता है। क्योंकि उसे काम करना है। अब से नए क्षेत्र अध्यक्ष। पहले कोई अध्यक्ष नहीं था। चुनाव से पहले पुराने पंचायत अध्यक्ष से अनबन हो गई थी। रमजान मताब्बर ने कहा, हमने कानूनी तौर पर पंचायत का बंटवारा किया है, इसलिए अध्यक्ष अलग होगा. लेकिन राष्ट्रपति चाहते थे कि उनका बेटा थमथमपुर पंचायत का अध्यक्ष बने। इसलिए रमज़ान मातब्बर झुक गया। इसलिए रमज़ान को मजबूरन प्रखंड कार्यालय से पार्टी का नया पंचायत अध्यक्ष बनना पड़ा. पार्टी की नीति है कि कोई भी पार्टी से ऊपर नहीं है। रमजान अंग्रेजी नहीं जानता। पढ़ाई भी नहीं की। अखबार में और क्या पढ़ा जाता है। रमज़ान मातब्बर ने प्राइमरी स्कूल में सेकेंड क्लास तक पढ़ाई की। बुढ़िया ने कहा चलो बात करते हैं। नेता बोलता है। चलिए चलते हैं। हा जाओ। तुम मेरे साथ चलो, मुझे भाषा समझ में नहीं आती। बरबाबू और रमज़ान गए और कुछ देर बातें की। वे कुछ कपड़े बदल रहे हैं। कुछ कॉफी पी रहे हैं। रमजान मातब्बर, बाराबाबू और सेना प्रमुख हंस रहे हैं। कॉफी भी खा रहे हैं। उनके बीच कई शब्द हैं। बाराबाबू रमजान और सेना प्रमुख के बीच अनुवाद कर रहे हैं। यह एक अच्छी कहानी

है। अन्य जगहों पर पार्थी नहीं है। कुछ जगह ऐसी भी हैं जहां विपक्षी खेमा काफी मजबूत है। सत्तारूढ़ दल ने लूसिया के लोगों को वोट देने के उनके मूल अधिकार से वंचित कर दिया। इससे देश की मौजूदा सरकार में अराजकता फैल गई। बड़ा गलत काम। जो एक तानाशाह का काम है। लेकिन लोकतांत्रिक देश में यह सही नहीं है। सरकार को समझना चाहिए। कई लोग कह रहे हैं कि ऐसा तब होता है जब एक महिला राज्य की मुखिया होती है, जबकि अन्य कह रहे हैं कि कौन जानता है, शायद एक दिन उसे देश से निकाल दिया जाएगा। आम लोगों के मुंह से तरह-तरह की आलोचनाएं आ रही हैं. असलम ने किसके साथ सरकार बनाई? प्रेस सब उसके कब्जे में है। फिर कुछ कह रहे हैं कि कौन जाने, शायद एक दिन उन्हें देश से निकाल दिया जाएगा। आम लोगों के मुंह से तरह-तरह की आलोचनाएं आ रही हैं. असलम ने किसके साथ सरकार बनाई? प्रेस सब उसके कब्जे में है।

22नाहिद और रीना के बीच के महान रिश्ते को तोड़ना बिल्कुल नामुमकिन है। पूरी तरह से लोहे का फर्नीचर। जो टूट नहीं रहा है। इसे केवल लोहे से ही मोड़ा जा सकता है। रमजान की पार्टी के कुछ सदस्य कह रहे हैं कि मातब्बर करीम से संबंध बना रहा है। अपनी बेटी के साथ। रमजान का सिर पूरी तरह से चला गया है। दुश्मन से मिलने की क्या बात है। बेशक, फुसफुसाते हुए पार्टी के अंदरूनी कोर्ट में हैं। रमजान मातब्बर को कोई फर्क नहीं पड़ता। रीना सुबह

जल्दी उठ रही है। माँ ने पूछा कहाँ जाना है। आपके भावी दामाद का घर फिर कहाँ है? इसकी जरूरत है। लेकिन आप इसे ज़्यादा कर रहे हैं, रीना। माँ कहाँ है? मैं नाहिद का एक खूबसूरत दोस्त हूं। मैं जा सकता हूं। कठिनाई कहाँ है। हां मैं चलूंगा शादी के बाद। तुम्हारे पिता ने तुम्हें शादी करने के लिए कहा था। हमें इससे कोई दिक्कत नहीं है। उसी समय मतब्बर ने घर में प्रवेश किया। बकरी के सिर के बारे में इतना महत्वपूर्ण क्या है? " क्या बात है किधर जाए। हां पिताजी। या कहीं जाना है। नहीं। भावी ससुर का घर। वह क्या है? बड़े हुए बिना ससुर। क्या बात है। मैं यह सब नहीं कह सकता। माता-पिता जाने नहीं दे रहे हैं। पिताजी यह अनुचित नहीं है। हां, यह गलत है, बिल्कुल। पापा तो जाओ। जाओ माँ। इतना कहकर उसने लड़की के सिर पर हाथ रख दिया। रीना चली गई। रीना की माँ ने कहा, "अच्छा, तुम कब से इतनी अच्छी हो?" अपनी पत्नी की गर्दन पर चलते हुए उसने कहा, "देखो, गिन्नी बहुत बूढ़ा है।" मुझे किसी को अच्छा नहीं लगा। या मैं आज से ठीक होने लगा हूँ। मुझे लगता है कि मैं नामांकन वापस ले लूंगा। साधारण लोग अच्छे लोग नहीं होते। मैं कल राजनीति छोड़ रहा हूं। मेने अपना मन बनालिया है। कोई मुझे अच्छा नहीं कहता। गिन्नी ने कहा, "मुझे पता है कि तुमने कुछ गलत नहीं किया है।" मुझे पता है कि आपने विकास किया है। मैं सब कुछ जानता हूं जो तुम कहते हो। सुनो, मैंने चुनाव से पहले गांव छोड़ने का फैसला किया है। मैं घर शहर जाऊँगा और

रीना का भविष्य क्या होगा। रीना इसी गांव की बेटी है। मैं यहीं शादी करूंगा। और तुम्हारे पिता की बातें। मैं नहीं कर सकता, गिन्नी। मैं नहीं कर सका। जाने से पहले हम कुछ व्यवस्था करेंगे। मुझे ऐसा नहीं लगता। मैं चुनाव के बाद शादी करूंगा। मैं कल राजनीति से इस्तीफा दे दूंगा। तब होगा। अब्बाजान में लगा हुआ सारा सोना और अनाज दो सौ करोड़ के आसपास होना चाहिए। वे उस घर में हैं। अब्बाजन के मरने से पहले मुझे सन्दूक की चाबी दी गई थी। हां मुझे पता है उस समय मैं ओबारी की नई पत्नी थी। अब्बाजन ने तुम्हारी छोटी सी गलती के लिए तुम्हें गाँव में घर पहुँचा दिया। उन्होंने दो सौ बीघा जमीन भी दी। जी हाँ, बहुत समय पहले की बात है, लगभग तीस साल पहले की। खैर, अब घर जाओ परेशान नहीं होंगे। गांव के लिए। निश्चित रूप से यह होगा। लेकिन मैं अपने जन्मस्थान पर जाऊंगा। मैं वहीं मर जाऊंगा। तब भी हमें शांति मिल सकती है।अब्बाजान नहीं मान सके क्योंकि कॉलेज में पढ़ते समय हमारा रिश्ता था। इसलिए मूर्ख के रूप में समाज के सामने अपना परिचय दें। उन चीजों का बहिष्कार करें। मुझे एक पत्र लिखना है। चुनाव आयोग विभाग को भेजा जाना चाहिए। आप आसानी से भूल जाएंगे। मिट्टी का तनाव। न जाने कितने गाँव मोहब्बत हो गयी आपने गाँव में बहुत कुछ किया है, लेकिन गाँव के लोग चालाक हैं। और उस काम का क्या होगा। आगे क्या होगा। लोग इसे वैसे ही प्राप्त करेंगे जैसे वे इसे प्राप्त करेंगे। कोई दिक्कत नहीं है।

23अरे माँ तुम हमारे घर में हो। मैं क्यों नहीं आ सकता? क्यों नहीं। बेशक मैं कर सकता हूँ। तुम इतनी अच्छी लड़की हो। मेरी बेटी ने मुझे तुम्हारे जैसा नहीं खरीदा। नाहिद मेरी एक नहीं सुनता। बड़ा लड़का। क्यों आंटी, सब ऐसा कहते हैं। लेकिन वह अपनी मां की नहीं सुनता। पढ़ो और पढ़ो। अपने पिता की बात सुनो। ओह तो। खैर आंटी नाहिद घर पर नहीं हैं। कोई पुल नहीं है। जब घर से बाहर। उत्सव मनाने गए थे। आंटी तो नाहिद राजनीति में आ रहे हैं। माँ और क्या कहूँ बताओ। पिता राजनीति नहीं कर रहा है, लेकिन लड़का राजनीति में शामिल हो रहा है। मामा मना क्यों नहीं करते। उसके सामने परीक्षा। लेकिन पहले जैसा नहीं। अब मतदान। कई लोग कह रहे हैं कि अगर वे चुनाव जीत गए तो पास हो जाएंगे. हाँ, आंटी यही कहेगी। बोर्ड नाहिद के चाचा हैं। मुझे पता है कि हर कोई बात कर रहा था। वे क्या जानते हैं? गांव के लोग क्या समझते हैं। उसी समय नाहिद आ गया। फिर उसने अपनी माँ से कहा, माँ, मुझे चावल दो। बहुत भूख लगी। रीना ने उन्हें घर आते देखा। फिर भी कुछ नहीं बोला। खाने बैठ गए। रीना नाहिद के घर पर इंतजार कर रही है। चलना। दीवार पर तस्वीरें हैं। पढ़ने की मेज पर ढेर सारी किताबें। वह कुर्सी पर बैठ गया। मैंने कई बार गणित की किताब देखी। फिर से बंद। चलना। अपने हाथों को अपनी पीठ के

पीछे छोड़कर, वह अपनी उंगलियों को पकड़ रहा है। वह फिर गया और नाहिद के बिस्तर पर बैठ गया। चिट लेट गई। फिर से उल्टा लुढ़कते हुए, वह तकिए पर हाथ और तकिए पर अपनी ठुड्डी से सोच रहा है। आप घर कब आओगे? कुछ देर सोचता रहा। यह सोचकर नाहिद आया और चिल्लाया। अहां। नाहिद खिड़की से बाहर देख रहा था। वह बहुत समय पहले आया था। नाहिद को लुढ़कता देख सब खत्म हो गया। मन अब ज्वार-भाटे में खेल रहा है। बिना कुछ कहे उसने दरवाजा पटक दिया और रीना की छाती पर कूद पड़ा। नाहिद किसी नर्म स्पंज पर लेटी हुई नजर आ रही है। रीना कहती हैं कि जो मायने रखता है वह यह है कि सच्चा दिमाग आज कुछ चाहता है। ओह! नहीं नहीं। मुझे कुछ नहीं मिल रहा है। नहीं। आपका अपना जैसे सत्य से सहमत नहीं है। क्यों। तुम सच्चे नहीं हो। रीना अभी भी अपने शरीर पर कोमल मक्खन की तरह लेटी हुई है। दोनों के शरीर गर्म हो रहे हैं। हो सकता है कुछ ही देर में कलावैशाखी तूफान उठे। गरमागरम बात करना। रीना छाती के बल लेटी हुई बात कर रही है। बस सिर को ब्रेस्ट पर रखते हुए। तुम क्या कह रहे हो यह सही है, तुम मुझे मत छुओ। आज क्या हुआ कि मुझे अपने सीने पर कूदना पड़ा। देखिए, मैं यह सब नहीं जानता। आज ऐसा लगता है कि मेरे शरीर में किसी तरह की गर्म हवा बह रही है। यह एक पुस्तक है। महिलाओं के शरीर की गर्मी प्रदाता द्वारा निर्धारित की जाती है। जो यहां एक बार आएगा उसका सिर खराब

होगा। नाहिद बिना कुछ कहे किस करने लगा। होंठ, गाल, गला, पेट, छाती आदि। तभी रीना कुछ शोर कर रही है। रीना ने पूरी ताकत से नाहिद की पीठ पर वार किया। एक अलग तरह की शांति है। बहुत रोमांचक बात। रीना ने खुद से कहा, बाबा बाबूशोना मन की जलन को समझ लें, भले ही देर हो जाए। नाहिद अभी भी किस करने वाला है। ऐसा लगता है कि पागल कुत्ता मांस खा रहा है। रीना ने अपने हाथ-पैर बिस्तर पर फैला दिए। नाहिद जिसने खुद को तबाह कर लिया है। नाहिद अपनी मर्जी से खेल खेल रहा है। प्रेम प्रसंग काफी समय तक चला। रीना गिर रही है और कर्लिंग कर रही है। लेकिन कोंकणी नाराज नहीं है. खुश कराहना। नाहिद घर के अंदर चला गया। मैंने जो सोचा वह फिर घर के अंदर आ गया। रीना मुझे माफ कर दो। मैंने क्या कि? मुझे बेहद खेद है। अरे सॉरी क्यों। मेरा मतलब यह नहीं है कि मैंने बहुत बड़ी गलती की और रीना मेरे चरणों में बैठ गई। अरे अरे क्या कर रहे हो मुझे आपकी बहादुरी के लिए आपको पुरस्कृत करने की आवश्यकता है। मैं बहुत खुश हुआ और नाहिद को गले लगा लिया। उसने उसकी गर्दन को चूमा। रीना खुश लग रही है। यह पल पहले से कहीं ज्यादा खूबसूरत लग रहा है। बहुत सुन्दर। आप जीवन में और क्या चाहते हैं। कुछ देर बात करो। कहानी यह है। रीना को आगे बढ़ाने के लिए नाहिद आ रहा है। उसी समय करीम आया और खड़ा हो गया घर के सामने के गेट पर। रीना को देखकर उसने कहा, अरे, मां कब है? घर पर

रहें। नहीं अंकल, घर पर जो कुछ भी पढ़ा। अंकल तो हमारे घर आएंगे लेकिन। अरे, मैं तुम्हारे घर से आ रहा हूँ। सचमुच। लेकिन एक त्रासदी। खबर है माँ। गांव कितना भी खराब क्यों न हो। गांव छोड़ने का फैसला आपके लिए अच्छा नहीं था। घर छोड़ने का मतलब है चाचाजी जो कह रहे हैं। मुझे कुछ समझ नहीं आ रहा है। जब मैं सभा में आ रहा था, तो तुम्हारे पिता ने मुझे बुलाया। आपके साथ कुछ जरूरी मामले हैं। आप किस बारे में बात कर रहे हैं, प्रभु? कुछ महत्वपूर्ण चीजें आने वाली हैं। मैं आपके घर गया था। तुम्हारी माँ ने तुरंत मेरे साथ ठीक से व्यवहार किया। तब आपने कहा, "श्रीमान बेहया, हम आपके लिए एक संपत्ति छोड़ रहे हैं।" जाने का अर्थ है। कहां जा रहा है? इसका मतलब यह नहीं है कि हम कल शहर जा रहे हैं। तुम यहाँ क्यों नहीं रहना चाहते। हर कोई मेरे नाम पर बुरा काम कर रहा है, वो अच्छी नजरों से नहीं देख रहे हैं। कई कारण है। तो दोस्तों अपने घर में लड़की नहीं देना चाहते। अचानक रमज़ान मातब्बर ने करीम का हाथ पकड़ लिया। भाई आप मेरी बात से सहमत हैं। और हम वहाँ से कुछ दिन के लिए परीक्षा लेने आएंगे। तुम क्या कह रहे हो। शादी के लिए राजी होना मुश्किल नहीं। लेकिन साहब आप गांव नहीं छोड़ेंगे। नहीं, मुझे जाना है। मैं तुम्हारे पिता को बहुत समझा लेकिन उन्होंने वही बात कही। लेकिन तुम नाहिद से शादी करोगी। मैं सहमत। आप वोट के बाद शादी करेंगे। रीना की बातें सुनकर घर की ओर दौड़ पड़ी।

24

डैडी डैडी। आप घर पर हैं। आप किस बारे में बात कर रहे हैं, माँ? तुम मुझे अब्बा अब्बा क्यों बुला रहे हो? नाहिद के घर जाने में इतनी देर क्यों हो रही है। वहीं पापा गए। वह हरिपारा गए हैं। क्यों। मुझे नहीं पता। शाम को ही क्यों। मुझे नहीं पता। उसे कुछ बताओ। मैं हाँ कहूँगा। या हम कल शहर जा रहे हैं? हां। करीम अंकल को कौन बताएगा। ओह। हां मैं जा रहा हूं। लेकिन आपको नाहिद से शादी करने में कोई दिक्कत नहीं है। मुझे पता है मैं क्यों जा रहा हूँ। मुझे नहीं पता। रीना ने आह भरी और घर की सीढ़ियाँ हिला दीं। क्या आश्चर्य है। यह कहकर वह अपने घर चला गया।

25अगली सुबह एक वीआईपी कार आ रही थी। गांव की पक्की सड़कों के साथ। कई लोग जम्हाई ले रहे हैं, कई कह रहे हैं, गाड़ी कहाँ जाएगी? इतनी खूबसूरत महंगी कार। वह कहता था कि कौन घर जा रहा है। एक ने कहा कि कौन जानता है कि वह कहां जा रहा है। कार थोड़ी दूर चली गई और फिर वापस आ गई। तीनों सिरों के कोने में बैठे लोगों ने उन्हें कार का ड्राइवर बताया। और मिस्टर रमज़ान अपने मामा का घर कहाँ बनाते हैं। रमजान नहीं। वह पार्टी नहीं बंटती। और रमजान मातब्बर का घर। शायद। थोड़ा आगे बाई ओर जाएं। जब आप जाएंगे तो आपको सामने दो मंजिला मिट्टी का घर दिखाई देगा। धन्यवाद श्री मान। गाड़ी चल रही थी। कार घर पर

ही रुक गई। रमजान ने कल शाम हरिपारा में बीडीओ कार्यालय में नामांकन पत्र उठाया। वहां से अब कोई दिक्कत नहीं है। चुनाव से पांच दिन पहले रमजान मातब्बर गांव छोड़ रहे हैं। ड्राइवर चला गया और घर में घुस गया। काकाबाबू काकाबाबू या नहीं। अरे तुम आँखें। हाँ, पिताजी ने मुझे भेजा है। आप कैसी हैं आंटी? गपशप थी। और क्या लेना है। कुछ चीजें। रमजान के पिता द्वारा दिया गया एक छोटा लोहे का डिब्बा। एक पुरानी छड़ी। कुछ कपड़े। रीना के पास उसकी सारी ड्रेस बुक है इस्तेमाल करने के लिए चीजें लीं। लगभग दो सूटकेस। चालक ने अपना सामान कार के पिछले हिस्से में छोड़ दिया। रमज़ान ने घर की चाबी से बिलास को बताया। मैंने लग्जरी हाउस को आपकी देखरेख में छोड़ दिया और उसकी देखभाल की। आप दस बीघा जमीन पर खेती करते हैं। और यह घर का पता है। आओ सैर पर चलते हैं। कैसे? बिलास बार-बार रमज़ान का मुँह देखता है। बिलास फूट-फूट कर रोने लगा। बाबू ने हमारा पीछा किया। रमजान मताब्बर भी रो पड़े। नाहिद ने कल अपने पिता के मुंह में यह सुना तो रात को भी राहिद ने फोन किया। कहा कि हम कल गांव छोड़ रहे हैं, हो सके तो मिलते हैं। रीना नाहिद का दुख इसका कोई अंत नहीं है। प्रेमी जानता है कि क्या होता है जब वह जिससे प्यार करता है वह चला जाता है। नाहिद आया। चाचा जा रहे हैं। हां पिताजी। लेकिन तुम भी टहलने जाओ। बिलास का पता है। साथ ही रीना को अपने मोबाइल पर कॉल करके

सब कुछ पता चल जाएगा। कैसे? रीना और नाहिद एकटक घूर रहे हैं। रमजान की पत्नी पहले ही कार में बैठ चुकी हैं। मतब्बर ने सबसे पहले रीना को बीच वाली सीट पर उठा लिया। हालांकि, तीनों बीच की सीट पर बैठे हैं। सभी ने नाहिद और हाउस स्टाफ को अलविदा कहा और शहर के लिए रवाना हो गए।

26

गांव के सभी लोग स्तब्ध रह गए। क्या बात है मतब्बर बिना किसी को बताए चले गए। उसने अपने पड़ोसी सादिक को भी इसकी सूचना नहीं दी। हालांकि सादिक विपक्षी खेमे में थे, लेकिन उनके बीच दोस्ती थी। फिर भी सूचना नहीं दी। गांव को नाहिद और नाहिद के पिता ही जानते हैं। और मातब्बर के कर्मचारी। कई कह रहे हैं कि आपदा जाने दो। कई लोग खेद भी व्यक्त कर रहे हैं। उसने गांव में कुछ नहीं किया। कर लिया है। बहुत प्रगति की है। सेटो ने कभी वोट नहीं हारा। लोग सोच नहीं सकते। इसी बीच पार्टी उपाध्यक्ष के पास रिपोर्ट आ गई। रमजान ने नामांकन पत्र ले लिए हैं। अब पार्थी नहीं दी जा सकती। पीपुल्स पार्टी के प्रखंड अध्यक्ष मुश्किल में हैं. और क्या करना है। और मतदान के लिए ज्यादा समय नहीं है। सभी को चुनाव की तैयारी का इंतजार है। सेना आ गई है। हर बूथ में।

26नाहिद परेशान है। उनके जीवन में ऐसी स्थिति कभी नहीं आई। यह महसूस करना कि हमारे पास भावनात्मक रूप से 'रन आउट गैस' है। समय ने रीना को उससे दूर कर दिया है। दूसरी ओर, सोच रहा था कि क्या रमजान चाचा मेरे साथ रीना से शादी नहीं करने के लिए शहर गए थे। तो क्या उनके घर में सब मेरे साथ खेलते थे? बूबू: क्या सोच रहे हो? ऐसा नहीं हो सकता। रीना मेरी है। नयना अपने पैर बांध रही है। पास आकर बोला। क्या रे यहाँ दोपहर में अकेला है। आप क्या कर रहे हो मैं और क्या कर सकता हूँ, मेरे दोस्त, तुम्हें पता है कि मेरा जीवन कठिन है। समय ने रीना को मुझसे दूर कर दिया। अरे, क्या आप इसके विपरीत सोच रहे हैं? चिंता करने का कोई कारण नहीं है। सच में हाँ हाँ। चलो घर चलें। कहानी सुनाने के लिए माता-पिता नहीं हैं। मामाबरी गई है। चलो कम से कम एक कप कॉफी लें। आपका क्या कहना है? हाँ अल जो मुझे बहुत बकवास लगता है, ऐसा लगता है कि बीटी मेरे लिए भी नहीं है। पापी की जरूरत नहीं है। मैं भुगतान क्यों नहीं कर सकता। हां बिल्कुल। एक दोस्त दूसरे दोस्त को चूम क्यों नहीं सकता। बिल्कुल। चलिए चलते हैं। चैट वाली फिल्में दी जा सकती हैं। ओह, लोगों पर शिकंजा कसने का क्या शानदार तरीका है। कितना सुंदर होगा। अरे, तुम्हारे पास अपना सामान है। शादी के बाद चेतेपुते खास में कोई दिक्कत नहीं है। चलो अब चलते हैं। नाहिद और नयना गाँव के संकरे रास्ते से चलते हुए गले में हाथ डाले नयना के घर गए।

काश उस वक्त रीना ही होती। कितना सुंदर होगा। अरे, तुम्हारे पास अपना सामान है। शादी के बाद चेतेपुते खास में कोई दिक़्क़त नहीं है। चलो अब चलते हैं। नाहिद और नयना गाँव के संकरे रास्ते से चलते हुए गले में हाथ डाले नयना के घर गए। काश उस वक्त रीना ही होती। कितना सुंदर होगा। अरे, आपके पास तोरी है। शादी के बाद चेतेपुते खास में कोई दिक़्क़त नहीं है। चलो अब चलते हैं। नाहिद और नयना गाँव के संकरे रास्ते से चलते हुए गले में हाथ डाले नयना के घर गए।

26

रीना की कार बहारपुर में रुकी। यह एक बड़ा शहर है। यहां कई अमीर लोग रहते हैं। गरीबों का यहां रहना मुनासिब नहीं है। यहाँ HiFi लोग रहते हैं। यहां एक बड़ा विश्वविद्यालय है। विश्वविद्यालय का नाम रवींद्र नजरूल विश्वविद्यालय है। शॉर्टकट का नाम आरएन यूनिवर्सिटी है। विश्वविद्यालय के बगल में एक चार मंजिला घर। सफेद घर। देख कर अच्छा लगा। करोड़ों रुपये के घर। आप देख सकते हैं। रीना के पिता ने पूछा। यह घर कौन हो सकता है? कुछ समय के लिए बाबा रमजान मातब्बर का निधन हो गया। रीना ने फिर पूछा। घर के असली मालिक अवल हुसैन चौधरी थे। कौन है ये यह सब जानने के लिए माँ के पास बहुत समय है। चुप रहो। धीरे-धीरे कार चली गई और व्हाइट हाउस के पास रुक गई। बहुत बड़ा

घर। कम से कम पचास करोड़ रुपए का घर तो होगा। सब नीचे चले गए। कई लोग गेट पर माल्यार्पण कर खड़े हैं। कुछ लोग कहते हैं कि बाबू आ गए हैं। बाबू चला गया। बहुत से लोग। उन्होंने घर में प्रवेश करने से पहले फूलों की माला पहनाकर रमजान मातब्बर की शुभकामनाएं दीं। रीना बहुत आश्चर्यचकित हूँ। मेरे मन में सोच रहा है। क्या बात है तो पापा, क्या इस घर में कोई है?नहीं, ऐसा नहीं हो सकता। पापा ज्यादा पढ़ना नहीं जानते। गांव के मातब्बर लोग। और यह घर कभी स्वामित्व में नहीं हो सकता। घर के अंदर एक बूढ़ा बैठा है। रमजान उसके पास गया और बचपन में रोया। बुढ़िया भी रो रही है। दोनों ने एक-दूसरे का गला घोंट दिया। तुम्हारे पापा बहुत गुस्से में हैं। आपने हमें कहाँ छोड़ दिया? मुझे लगभग तीस साल हो गए हैं, यह कब आएगा? अंत में नाराज कमल बाबा। सास, तुमने अपने बूढ़े बाप के बारे में एक बार भी नहीं सोचा माँ। कुछ मत कहो। रोता है। जाओ माँ घर जाओ। अगर आज ससुर होते तो तुम्हारी माँ कैसी होती? बूढ़ा रीना को अपने घर ले गया। तीसरी मंजिल पर। कितना सुंदर घर है। बहुत सारे गढ़े हुए घर। जिसकी सराहना करना मुश्किल है। बूढ़े ने रीना से कहा, यह पोती सुलैमान होना चाहिए। हाँ चाचा। यह आपकी पोती है। और आपके विदेश में पोते हैं। जहां अमेरिका। एक डॉक्टर होगा। ओह अच्छा। बूमा, यह कुंजी नहीं है। मैं इसे और नहीं रख सकता। बड़ी परेशानी है। क्यों चाचा आप हमारे बड़े हैं। मैं आपकी सलाह का पालन करूंगा। चाबी

अपने पास रखें। मेरे पास एक और दिन है। और सुलेमान, एक या दो दिन आराम करो। बाद में कंपनी आकाश से सब कुछ समझ जाएगी। छोटा चाचा अवल हुसैन चौधरी का छोटा भाई है। निः शुल्क: संतान। एक गोद ली हुई बेटी है। आकाश शादीशुदा है। वह इस घर में रहता है। आकाश इस सदन के दामाद हैं और चौधरी समूह उद्योग के महानिदेशक हैं। इस घर के असली मालिक सुलेमान चौधरी उर्फ रमजान मातब्बर हैं। उन्होंने संयुक्त राज्य अमेरिका में ऑक्सफोर्ड विश्वविद्यालय से वाणिज्य में मास्टर डिग्री प्राप्त की है। पिता के कहने पर वह घर से निकला। उसने अपने पिता की सारी संपत्ति सुलैमान और अपने छोटे भाई को दे दी। इस सदन का अंतिम शब्द आवाला चौधरी था। फिर छोटे चाचा। और अब रमजान। रीना को कुछ दिनों में पता चल जाता है। कि वे वास्तव में गांव के लोग नहीं हैं। और मेरे पिता अशिक्षित नहीं हैं। पापा बड़े पढ़े-लिखे आदमी हैं। दादाजी के लिए पापा घर से निकल गए। अब पूरा घर हमारा है। यहां कोई शेयर नहीं करता। मेरे पापा भी एक बड़ी कंपनी के मालिक हैं। घर। यहां कोई शेयर नहीं करता। मेरे पापा भी एक बड़ी कंपनी के मालिक हैं। घर। यहां कोई शेयर नहीं करता। मेरे पापा भी एक बड़ी कंपनी के मालिक हैं।

29

चुनाव का दिन आ गया है। लोग सुबह मतदान के लिए तैयार हैं। अपनी ही टीम का एजेंट दिया। सहायता केंद्र खोला गया। नानन शोर कर रहा है। नेता भाग रहे हैं। मतदान शांतिपूर्ण ढंग से चल रहा है. बूथ पर बड़े नेता भी आ रहे हैं. देखने जा रहे हैं। बूथ नंबर दो पर सत्तारूढ़ दल का कोई दल नहीं है। दोपहर को। पचास प्रतिशत वोट अभी गिरे हैं। समय-समय पर बकुल मास्टर, सादिक, नफीज मास्टर, अतीक साहब, करीम और कई अन्य। अपनी-अपनी पार्टियों के नेता आंदोलन कर रहे हैं. नाहिद भी बार-बार पलट रहे हैं। उसे बहुत काम दिया गया है। और रमजान मातब्बर की कोई तलाश नहीं है। लोग वोट डालने आ रहे हैं। कोई फिर जा रहा है। दोपहर होने में देर हो रही थी। बूथ दो और चार पर मतदान समाप्त। बैलेट पेपर पैकिंग कर रहे हैं। बूथ नंबर एक का काम लगभग पूरा हो चुका है। मतदान शांतिपूर्ण रहा। यह पहली बार है जब किसी पंचायत का बंटवारा हुआ है और शांतिपूर्ण मतदान हुआ है। इस बार अतिरिक्त फौज के कारण कोई गड़बड़ी नहीं हुई। केंद्रीय सेना कुछ थी। आम जनता लंबे समय से चुनाव की बात कर रही है, लेकिन चुनाव खत्म हो गया है। जिन नेताओं के पास अभी काम है। सब खत्म हो गया। तीन महीने बाद परिणाम। बहुत अधिक समय। कौन जीतेगा और कौन हारेगा। तब आप देखना।

30

समय समाप्त हो रहा है। रीना ने अभी तक फोन नहीं किया है। पिछला नंबर कॉल नहीं करता है। स्विच कहता है रुको। भारी कठिन। रीना भी फोन नहीं करती। चुनाव को दस दिन बीत चुके हैं। कुछ ही दिनों में परीक्षा मुझे पढ़ाने में भी कोई आपत्ति नहीं है। मैं फिर पढ़ने के लिए बाहर जाता हूं। वह बिच्छू लुढ़क गया। चूमा, वह वापस बिस्तर के खिलाफ झुक गया। हर बार उनके सीने में दर्द होता है। जबरन किताब लेकर दूसरे कमरे में चले गए। रात को सोने भी नहीं आता। बुरा लगता है। कोई संपर्क नहीं। रीना गाँव के घर जाती है। बिलास पूछते हैं, चाचा चाचा जो पता दे सकते हैं, उसके साथ गए थे। और पता। हां, पता तो दिया गया है लेकिन उसमें कुछ नहीं लिखा है। केवल "बहारपुर" लिखा है। . और कुछ नहीं है। ओह, शहर में। तीस मील। इतने बड़े शहर की तलाश कहाँ करें। यह एक विलासिता है। आपको क्या लगता है कि वह आपसे शादी करेगा। अमीरों की बात है। आप उनके साथ संबंध नहीं बना सकते। वह चला गया क्योंकि वह तुम्हारे साथ नहीं जाना चाहता था। उसका बहिष्कार करें। अध्ययन करेंगे खेती करेंगे। शादी करके खुश रहो। नाहिद ने इन शब्दों को सुना और कुछ समय अकेले बिताने के लिए आंखों में आंसू लिए अंबन चला गया। अकेले बैठना खुद से सवाल कर रहा है। तुम्हें क्या हुआ? वे धोखेबाज हैं। हम जैसे गरीब लोग उनसे सहमत नहीं हैं। फिर भी मन का मतलब नहीं है। प्यार की बात करो। छाती फट गई। आंसू बह निकले। ऐसे समय में एक

चूहा अपने मुंह में कुछ लेकर छेद से बाहर आ रहा है। बहुत मज़ा हैं। चूहा सफेद था। छेद में मिट्टी के कारण कुछ रंग खो गया है। वह बाहर गया और चमकदार वस्तु को जमीन पर फेंक दिया। चमकदार वस्तु पर आम के पेड़ की पत्तियों में अंतराल के माध्यम से सूरज चमक रहा है। बात तेज होती जा रही है। नाहिद कुछ ही दूर था। वहीं से मामला देख रहे हैं। चूहा वापस छेद में चला गया और दूसरा आया। कई बार गए और कुछ लाए। पास आते ही नाहिद चौंक गया। अरब इतने सारे सोने के सिक्के हैं। यह कहां से आया? उसने अपने हाथ में सिक्के रगड़े। इतना सोना। क्या खूब आनंद। प्रसन्न अब और मत रुको। उसने इसे अपनी जेब में ले लिया। और चूहे को पकड़ने बैठ गया। जाल पतला था। काफी देर इंतजार करने के बाद आखिरकार चूहा पकड़ा गया। एक सुंदर माउस। एक विनम्र चूहे की तरह दिखता है। नया घर बनाना। घर ले आए। नाहिद ने सिक्के के बारे में किसी को नहीं बताया। मुझे सारा दिन प्यार याद नहीं आया। यह सिर्फ सोना है। मैं वहां बहुत रहने की सोच रहा हूं। रात को जाएगा। अकेले जाना। किसी की जरूरत नहीं है। पापा भी नहीं। फिर दोपहर के करीब। उसने एक बड़ा फावड़ा, एक कुदाल, एक मशाल और एक बड़ी तलवार उठाई। घर में पलंग के नीचे। देर हो रही है। देर हो रही है। नाहिद सोचता है कि बेचैनी बढ़ती जा रही है। नाहिद के सीने में कभी हिम्मत नहीं आई। लेकिन आज यह एक बहुत बड़े हीरो की तरह लग रहा है। डर जैसी कोई बात नहीं है। रात

के करीब सात बजे थे। मैं अपने माता-पिता की उपेक्षा कर घर से बाहर चला गया। क्यों नहीं। सुनसान। बहुत खाली। फिर आज रात बगीचे में कौन होगा। कौन देखेगा। किसी को पता नहीं होगा। सुजान का आम का बाग। बिस्मिल्लाह अल्लाहु अकबर चिल्लाया। खोदने के लिए कुछ नहीं नहीं। सोना कहाँ है? लेकिन चूहे के छेद में मत खोदो। थोड़ी देर बाद यह सिर पर बजता रहा, कि चूहा बार ने किया। फिर आपको उसके छेद की ओर खुदाई करनी होगी। हाँ, उसने यही किया। खुदाई ठीक दुकान तक आई। इसमें काफी जगह लगेगी। उन्होंने तीन बार घर की यात्रा की।

31अगले दिन किसी को भी नाहिद के घर में घुसने नहीं दिया गया। और किसी और को यहां प्रवेश करने से मना किया। घर में ताला लगा कर बाजार चला गया। करीम की पत्नी यानी नाहिद की मां। लड़के को क्या हुआ? वह ऐसा नहीं करता। सुबह झाड़ू भी नहीं दिया। फिर से ताला लगा और कहीं चला गया। नाहिद बाजार से रॉड काटने की मशीन लेकर आया था। घर की खिड़की दरवाजा बंद कर देती है। फर्श काटने लगा। करीब एक घंटे पांच मिनट तक काम किया। सीमेंट घर लाया गया। पहले घर में सीमेंट का काम होता था। चुनाव के लिए नहीं बना है। काम खत्म। घर खाली है। दो दिन बाद फिर सामान्य हो जाता है। जिसने मां-बाप को घर जाने दिया। लेकिन इसे किसी और को न दें। मेरी रीना इस कमरे में एक शब्द कहने आई थी। वह मुझसे चली गई है। उनकी यादें शामिल हैं।

इसलिए मैं नहीं चाहता कि कोई मेरे घर में घुसे। माता-पिता जानते हैं कि वे रीना से कितना प्यार करते हैं। इसलिए वह किसी को अपने घर में प्रवेश नहीं करने देता। दोस्तों के साथ इतना नहीं। केवल आँखों से। भटकना, आँखों से बातें करना। मेट रहता है। अध्ययन ने पहले की तुलना में अधिक ध्यान दिया है। अब कोई चिंता नहीं। प्यार में बहुत टेंशन होती है। पर उसे कहाँ ढूँढूँ। बड़े शहर में कहाँ देखना है। शायद वो भी मुझे ढूंढ रहा है। लेकिन माता-पिता डरते नहीं हैं। लेकिन मैं हार मानने वाला नहीं हूं। और अब मेरे पास सब कुछ है।

32

परीक्षा कल है। गर्ल्स सेंटर कहीं और गिर गया है। बीबी पाल स्कूल। नाहिद का केंद्र नजरुल्लाब विद्यापीठ है। नतीजतन, मिलना मुश्किल है। भले ही यह फिर से करीब हो। इसमें करीब तीन घंटे लगेंगे। ऐसे में दोबारा मिलना संभव नहीं है। प्यार अब समझ में नहीं आता। उसने अपने मन में उदासी को रखा। और क्या करना है। कुछ नहीं है करने को। नतीजतन, परीक्षण अच्छी तरह से चला गया। तीन महीने बाद परिणाम। वोटिंग और परीक्षा परिणाम एक साथ होंगे। शायद कुछ दिन पहले। लेकिन बड़ा मज़ा।

33

अभी कोई काम नहीं है, यात्रा करना बेहतर रहेगा। नाहिद आंखों से समय देते हैं। लेकिन दोनों सिर्फ दोस्त हैं। लेकिन और कुछ नहीं। बहुत अच्छा दोस्त उनकी दोस्ती अतुलनीय है। अधिक दोस्तों के साथ घूमना।

एक दिन दोपहर में माता-पिता और नाहिद बात कर रहे हैं। उस समय नाहिद ने कहा। अच्छा, पिताजी के शहर में घर खरीदने में कितना खर्च आता है? यह करीब दो से चार करोड़ रुपए है। ओह। मैं समझता हूं कि रे को शहर में घर खरीदने का शौक क्यों है। नहीं, पिताजी। अच्छा पिताजी हम नहीं खरीद सकते। बहुत पागल लड़का हम गरीब लोग हैं। मुझे इतना पैसा कहां से मिल सकता है? उन सपनों से छुटकारा पाएं। वास्तविक सोचो। यह कहकर बाबा ने नाहिद को रोक लिया। नाहिद चूहे को लेकर सुजान के बगीचे में जाता है।

34

रीना बहुत सोच रही है कि परीक्षा परिणाम कब आएगा। तुम कब शादी करोगे? मैं नाहिद से कभी नहीं मिल पाऊंगा। नाहिद मुझे ढूंढे बिना ही मर जाएगा। हे भगवान, मैं अपने पिता की सलाह का पालन करने में नहीं चूकूंगा। रीना के पिता ने रीना से कहा, सुनो माँ, जब तक रिजल्ट ना आये तब तक बाहर निकलो। यहां नए दोस्तों के साथ मस्ती करें। आप जो चाहें खाएं

और पिएं। नाहिद को अब एक पिस्ता दे दो। बैटर को कुछ देर जलने दें। मैं इसे परिणाम के बाद यहां लाऊंगा। यहीं पढ़ाई करेंगे। मैं आपको एक अच्छी पोस्ट जॉब दूंगा। प्रबंध निदेशक के रूप में कार्य करेंगे। फिर जब मैं बड़ी हो जाऊंगी, तो मैं शादी से तुरंत राहत ले लूंगा। पापा को खुश करने के लिए मुझे अपने सीने का दर्द बढ़ाना है। कौन जानता है कि मेरा पसंदीदा कैसा है। कॉल भी नहीं कर सकते। पिता ने उसके सिर पर हाथ रखा और शपथ ली। मैं लड़के को सरप्राइज दूंगा। वह बहुत अच्छे हैं लेकिन मेरा मन अब उस स्थिति में नहीं है। क्या किया जा सकता है। मैं बड़ी मुसीबत में पड़ गया। निकलने का कोई रास्ता नहीं है।

35

नाहिद जब बगीचे में आया तो उसने चूहे को गले लगाया और कई बार मुस्कुराया। बच्चे के चूहे के साथ अकेले खेलना। चूहे ने भी नाहिद की बात मानी। नाहिद K के बिना कहीं नहीं जाता। भागो मत। हर समय उसके साथ खेलना। अच्छी बात। मैंने सुना है कि बदर, हाथी, खोरगो आदि का मतलब पालतू जानवर होता है। तो कहने के लिए बिल्कुल वन चूहों। मैंने फिर सुना है कि लोगों में एक तरह का चूहा होता है। लेकिन यह अविश्वसनीय है कि जंगली चूहों को पालतू बनाया जाएगा।

नाहिद अब सोनारपुर में घर खरीदना चाहते हैं। क्यों या क्यों नहीं अब वह धन का सागर है। रमजान मातब्बर से भी लाख गुना ज्यादा करोड़पति। कई मायनों में अकेला। मैं यह करूँगा, मैं करूँगा। फिर मैं रीना को भी पढ़ाऊंगा। वह मुझे एक बार कॉल कर सकते थे और बता सकते थे कि मुझे अब यह पसंद नहीं है। पत्र भेज सकता है। बिलास कक्कड़ की बात सच है। वह सही है। रीनारा शादी न करने के लिए घर से निकली है। लेकिन रीना में भी कई खामियां हैं। मुझे एक बार बता सकते थे। आज परीक्षा समाप्त हो गई है। लगभग पंद्रह दिन हो गए हैं। उसके मन में क्रोध फूट पड़ा। ये सुजान अकेले आम के बाग में बड़बड़ा रहे हैं। उसके पास केवल एक बच्चा चूहा है। वह दूरी में भी खेल रहा है। चंद गिलहरियों के साथ। उनके पास अच्छा खेल है।

36

उस दिन सोमवार को करीम के घर पार्टी की बैठक हुई थी. करीम नेताओं से बात कर रहे हैं. नेता फिर से के करीम, फजलू, बकुल मास्टर नफीज डॉक्टर और अन्य दो बूथ प्रतिभागी हैं। और कुछ ग्रामीण बैठे हैं। फजलुर का बेटा सोहेल सभी को कॉफी दे रहा है। नाहिद बिस्किट बांट रहे हैं। नाहिद ने कहा पापा मैं अभी कॉलेज में एडमिशन लेने के लिए कॉलेज ट्रिप पर थोड़ा शहर जाऊंगा। और भी दोस्त हैं। रिजल्ट से पहले नाहिद शहर में कॉलेज देखने गया

था। सोनारपुर जाएंगे। वह थमथमपुर में बस में चढ़ा। वह बहारपुर में उतर गया और सोनारपुर जाने के लिए फिर से बस पकड़ ली। पिताजी से झूठ बोला गया है। कॉलेज कहो लेकिन नाहिद के इरादे कुछ और हैं। आपका क्या मतलब है? उन्होंने टीवी पर सोनारपुर में एक बड़ी ज्वैलरी की दुकान का विज्ञापन किया। कहा जाता है कि नकद सोना खरीदना है। नाहिद करीब तीन घंटे से दुकान की तलाशी ले रहा है। लेकिन शहर में हर कोई सब कुछ नहीं जानता। बेला जा रही है। कुछ खाने के लिए। हर समय घूम रहा है। भोजन नहीं। कुछ दूर जाने के बाद मुझे एक ज्वैलरी की दुकान मिली। उसे पहले कुछ खाना है। एक बड़े फाइव स्टार होटल में प्रवेश किया। मैंने ऐसे होटल में कभी नहीं खाया। थमथमपुर, बहारपुर, अम्तला एक अच्छे शहर में चला गया है।मैंने अकेले में पढ़ाई की है लेकिन कुछ खा नहीं पाया। फिर कहाँ से लाऊँ। पैसे कहाँ हैं? उनके पिता का सारा पैसा उनकी पढ़ाई पर खर्च हो गया था। आज उसके पास बहुत पैसा है। आपको बस सिक्कों को भुनाना है। नाहिद पाँच सिक्के लाया। वेटर आया। खाना दिया। खाना खा। बिल का भुगतान करना बुरा है। इतने सारे बिल। दस हजार रु. पैसे कहाँ हैं? होटल के मालिक दादाजी के पास इतने पैसे नहीं हैं। कुछ सोना ले लो। बाजार भाव जो उससे कुछ कम देगा। दुकान का मालिक यानि उस ज्वैलरी की दुकान का मालिक वही होता है। बहुत खुश मालिक। अरे तुम अकेले आए हो। कृपया पहले इंगित करें। चलो ऑफिस चलते हैं।

दुकान मालिक कार्यालय जाकर सिक्के दिखाकर चौंक गया। क्या वह एक बड़ा और भारी सिक्का है, श्रीमान। मैंने कॉस्मिन को कभी नहीं देखा। दुकान के मालिक ने कहा। आप यह व्यवसाय कब से कर रहे हैं? नाहद ने कुछ सालों तक चालाकी से जवाब दिया। मालिक का कहना है कि अगर आप छोटे हैं तो भी आप इन चीजों के मालिक हैं। तब मैं आपको क्या बता सकता हूँ? उसने सिक्कों को मापा। लगभग बीस लाख मेरे द्वारा भुगतान किया जा सकता है। एक सिक्के की कीमत। नाहिद ने मन ही मन सोचा कि दो-चार लाख हो सकते हैं। लेकिन मुझे कीमत नहीं पता। खैर, वहाँ लगभग एक करोड़, पाँच लाख दिन कम हैं। यदि यह व्यास है। दुकान के मालिक को उतना ही लाभ होता है और इसमें पांच लाख रुपये और जुड़ जाते हैं। उन्होंने कार्टून के लिए भुगतान किया। उसने नाहिद के सामने बिस्कुट का एक पैकेट लपेटा। ताकि किसी को शक न हो। नाहिद ने फिर दुकान मालिक को बताया कि कौन। वैसे काकाबाबू के यहाँ बिक्री के लिए कोई घर नहीं है। बिक्री के लिए घर। मैं नहीं कह सकता। अच्छा, खोज मत करो। मुझे एक घर खरीदना है। अच्छा तो एक काम करो। मुझे दो दिन में बुलाओ। मैं तुम्हारे लिए एक घर की व्यवस्था करूंगा। लेकिन एक बड़ी जगह चाहते हैं। ठीक है। दुकान के मालिक से अच्छी खासी दोस्ती हो गई। क्यों नहीं। सौदा कई और सिक्के देने का था। लगभग पच्चीस या तीस महीने का। और ऐसे ग्राहक को क्यों छोड़े। इस देश में कितना भी सोना बेचा या

खरीदा जाए, सरकार की ओर से कुछ नहीं होगा। गोल्ड अगर लॉरी लॉरी आप अभी भी सरकार के लिए सिरदर्द नहीं हैं। आपका माल आपका है। वहाँ से ज़रूर। यहाँ बहुत सारा सोना। यहां सोना कम क्यों नहीं मिलता। फिर नाहिद रात को घर लौटा। घर पर पैसे के कार्टून छोड़ना। माँ अपने पिता के घर गई और उससे कहा कि उसे कुछ खाने को दो। बुद्ध भूखा है। 36

सादिक मताब्बर अब करीम को नहीं दबा सकते। सादिक को करीम से दो बीघा जमीन की जरूरत थी। लेकिन अब वह चला गया है। नया मातब्बर। जमीन लेने के लिए और क्या किया जा सकता है। आशीर्वाद के रूप में अंकल जीतेंगे तो परास्त होंगे। जो मतदान से पहले किया जाना चाहिए। यह बिना आशीर्वाद के नहीं किया जा सकता है। वह अब अकेली नहीं है। टीम हो चुकी है। मुस्किल रे नियमत। फिर क्या किया जा सकता है अंकल। मेरा घाव अब सीधा नहीं है। गुरु के विवाह का क्या होगा। शादी की बात हो रही है। रमजान की बेटी के साथ रहेंगे। मैं कल बिलास का पता लेकर आऊंगा।   36

शाम को नाहिद के मोबाइल पर फोन आया। नमस्ते। कौन मैं सोनारपुर का एक होटल मालिक हूं। ओह कहा। मैं आपका इंतजार कर रहा हूं अंकल। ओह तो। तुम्हारे लिए एक घर मिल गया है। उसे करीब पांच करोड़ रुपये चाहिए। कोई दिक़्क़त नहीं है। आप वह पैसे

चुकाएगा। मैं तुम्हें सोना दूंगा। ठीक है। लेकिन मिठाई तो खानी ही पड़ेगी। बेशक। फिर कब आ रहे हो। कल नहीं हो रहा है। अगले दिन जा रहे हैं। ठीक है फिर। धन्यवाद।   39

मकान खरीद लिया गया है। सोनारपुर में। सोनारपुर इस देश की दूसरी राजधानी है। कई मंडल रहते हैं। मकान खरीद लिया गया है। होटल के मालिक का नाम अली था। आदमी अच्छा है। विवेकी। नाहिद के साथ धोखा नहीं किया। बहुत सारे पैसे के मालिक को धोखा क्यों। होटल, आभूषण है। करोड़ों रुपये के मालिक। नाहिद ने एक घर चुना। वहां किसी को भी प्रवेश करने की अनुमति नहीं है। केवल माता-पिता के बिना। एकचुअली उनका निजी कमरा है। बेशक कोई नहीं जानता कि माता-पिता ने घर खरीदा है। पांच करोड़ रुपये के साथ। नाहिद सब कुछ लेकर वापस आ गया। करीब तीन दिन बाद। उसने एक रात नए घर में बिताई। क्या खूबसूरती है। अब उनके पास करोड़ों रुपये हैं। घर आता है। एक कार खरीदी। कार की बाजार कीमत करीब पचास लाख रुपए है। बिना टीवी स्क्रीन के इतनी महंगी कार गांव के लोगों ने कभी नहीं देखी होगी। कुछ दिन पहले रमजान मातब्बर के घर एक कार आई, लेकिन इतनी महंगी कार नहीं आई। हर कोई हैरान है। नाहिद कई सवाल पूछ रहे हैं। लेकिन नाहिद ने कहा कि मुझे कल लॉटरी लगी थी। मैंने परीक्षा के दौरान लॉटरी जीती और आज बहारपुर से लायी। कल फिर कुछ काम करना है। नाहिद के माता-पिता बहुत खुश हैं। हरेक प्रसन्न है।

परीक्षा परिणाम से पहले अच्छी खबर है। एक दम बढ़िया। नयना को फोन से लॉटरी जीतनी है कहते हैं। और बढ़ने की पेशकश करता है। नयना सहमत हैं। सगेगुजे के प्रकट होने के एक घंटे के भीतर।

पार्क में टहलने जा रहे हैं। दही का लड्डू खा रहे हैं। बात कर रहे। चैटिंग बिल्कुल बॉयफ्रेंड गर्लफ्रेंड की तरह। लेकिन फिर भी दोनों दोस्त हैं। नयना पार्क में क्रॉस लेग्ड बैठी है, और नाहिद नयना के पैरों पर सिर रखकर लेटी हुई है। नयना के हाथ में लाल गुलाब। एक-एक कर काँटे उठा रहे हैं। बात कर रहे। खैर, नाहिद, तुम कहते थे कि मुझे कब प्यार हो जाएगा। अभी तक कोई बॉयफ्रेंड नहीं आया है। हे चलो चले। समय ही बताएगा। आप देखिए, हम प्रेमी नहीं हैं, लेकिन हम बहुत खूबसूरत हैं। नहीं तो। अरे, प्यार में कोई फायदा नहीं है। दोस्ती नाम की कोई चीज नहीं होती। बेशक वह है। मुझे अभी तक रीना नहीं मिली है। अरे इसे यहीं रहने दो, मैं अब इसके बारे में नहीं सोचता। मैं इसे एक बार कर सकता था। नहीं तो। अमीर कहते हैं। और मैं अमीरों के पास नहीं जाऊंगा। मैं अपने माता-पिता की मर्जी से शादी करूंगा। व्यास। केलाफ्टे। फिर क्या। में समज। में समज। मुझे एहसास हुआ कि लड़के कितनी आसानी से लड़कियों को भूल जाते हैं। ओह तो। रीना मुझे भूल गई। तो अब मैं क्या करूँ। उंगलियां चूसती हैं। पता लगाने की जरूरत है। अरे इतनी बड़ी खोज कहाँ से लाऊँ। और वह मेरी तलाश नहीं करता है। मेरा पता जानता है। मोबाइल नंबर जानता है। इसके बावजूद, मुझे

कुछ भी मिले बीस दिन हो चुके हैं। वह पल दे सकता था। ऐसा भी नहीं किया। गांव की लड़की जब शहर जाती है तो मैडम बन जाती है। और ध्यान देता है। वह सब बहिष्कृत करें। चलो रेस्टोरेंट में कुछ खाते हैं। चलिए चलते हैं मुझे भी भूख लगी है। आप अभी भी बांसुरी बजाते हैं। मैं आइसक्रीम खेलता हूं। मैंने अभी एक आइसक्रीम खाई है। क्या झंझट है। क्या चावल फिर से। अरे गधा लड़की। ये रेस्तरां में उपलब्ध नहीं हैं। ओह! मैं भूल गया। चलो होटल चलते हैं। उठ जाओ। नहीं। मुझे हाथ से पकड़कर प्रोमिक के अंदाज में उठा लो। नहीं तो मैं नहीं उठूंगा। ठीक है। यह है। व्यास। प्रसन्न। सच में, नाहिद, मुझे लगता है कि तुम मेरे दोस्त हो। तब आप क्या सोचते हैं। हुह ... बहुत करीबी लोग। सचमुच। वाह अच्छा। बहुत बेहूदगी हुई है।

40

दस दिन बाद.....

वह सारे छिपे हुए सोने के सिक्कों को लेकर सोनारपुर स्थित अपने घर चला गया। कुछ सिक्के बड़ी अलमारी में रख दें। उसने पाँच बोरी सिक्के खोदे और उन्हें अपने कमरे में छोड़ दिया। उसने वही किया जो उसके पास टेरलिस के साथ था। भवन देख अभिभावक काफी खुश हैं। पापा ने पूछा क्या हुआ। नाहिद ने कहा पापा आज मैं तुमसे कुछ नहीं छिपाऊंगा। मुझे एक जगह सोने के सिक्कों की पाँच बोरी मिलीं।

और उसमें से मात्र दो सौ खर्च कर मैंने सारा काम किया है। पाँच बोरी। यह बहुत सी चीजें हैं। पापा आज हम अमीर पापा हैं। मेरा सपना सफल पिता है। आपकी परेशानी का आखिरी दिन, पिता। अब हम सब के पास है। इस पैसे के लिए मैंने अपनी रीना को खो दिया पापा। घर में कड़ी सुरक्षा, बहुत सारे सीसीटीवी कैमरे। इस लूसिया देश के राष्ट्राध्यक्ष के पास इतने सीसीटीवी कैमरे नहीं हैं। नाहिद अब देश के बड़े करोड़पति हैं। लेकिन छिपा हुआ। अब उनका एकमात्र काम है। कंपनी को केंद्र सरकार से मंजूरी मिलेगी। इसलिए लोगों को पकड़ा गया है। अगर आपके पास पैसा है तो सब कुछ आपके हाथ की हथेली में उपलब्ध है। नाहिद अब यही देख रहा है। नाहिद जीवन भर नाहिद को पढ़ाते-लिखते घर में नदारद रहा है। आज उसकी कमी नहीं है।

41

पंचायत चुनाव और हायर सेकेंडरी के नतीजे भी आगे हैं। बाप-बेटे के नतीजों की बात है। नाहिद के माता-पिता नाहिद सभी गांव के घर में रहते हैं। नाहिद लगभग टाउन हाउस चला गया। अब उसे बहुत काम करना है। कागज तैयार। उद्योग बनाने की बात आती है तो बहुत सारी समस्याएं होती हैं। जल्दबाजी की बात है। उसके आदमी ने कहा। इसमें लगभग बीस दिन लगेंगे।

42

रीना चौथी मंजिल पर गर्लफ्रेंड के साथ बैठी है। नाम है रिया। देखकर बहुत अच्छा लगा। शैली होती है। मेरे ज़ख्मों पर नमक मलने की बात करो - डी'ओह! बढ़िया शरीर। मांसल। वह जब भी किसी लड़के को देखता है तो हाथ उठाता है। रियाओ ऐसी ही एक लड़की है। कितने बल से काम किया है। खुद को फिट रखता है। रीना बगल के फ्लैट में रहती है। वही उनका फ्लैट है। रीना के छोटे दादा की पोती। वे अमीर भी हैं। लेकिन लड़की बहुत प्यारी है। उसने कई लोगों के साथ जबरदस्ती सेक्स किया है। बहुत कामुक लड़की। उससे मिलने के लिए उसे कोई अच्छा दोस्त नहीं मिला। शहर के लड़के तो बस पागल होते हैं। नहीं कर सकता। सारा दिन लड़की को देखते ही काम खत्म हो जाता है। लेकिन काम क्यों। अच्छा, रीना, क्या तुमने कहा कि तुम किसी से प्यार करती हो? क्यों। इसका मतलब यह नहीं है कि गांव की लड़कियों को ज्यादा मिलता है। और मैं शहर को नहीं समझता। लेकिन वास्तविक नहीं। हां मुझे पता है तुम्हें पता है मैं भी एक से प्यार करता हूँ। मुझे नहीं पता कि इसका क्या मतलब है। अच्छा, क्या आपने कभी उसके साथ काम किया है? मैंने किया। माल्टा ऐसा ही है। अच्छा। कितना समय चुकाया है। आपके मुंह में कुछ नहीं रुकता नहीं है। न तुम बड़े हो न मैं। इसे ज़्यादा मत करो। आप हाई स्कूल के छात्र हैं। और मैं हाई स्कूल का छात्र हूं। बस एक साल की बात है। मुझे एक दिन दो। क्या बिल्ली है। आपका दूल्हा कौन है क्यों। मैं डोला भाई से मिलने जा रहा हूं।

नहीं। क्यों नहीं? जिस लड़की को आप देख रहे हैं। मैं खत्म कर दूंगा। ओह! नहीं नहीं। कुछ होगा। यदि आप इसे थोड़ा पकड़ेंगे, तो यह समाप्त नहीं होगा। हां। इसलिए तुम इतने बड़े हो। मैं इस पर एक नजर डालूंगा। तुम्हें पता है, लड़के इसे देखते ही मदहोश हो जाते हैं। हाँ, शहर में ऐसा ही होता है। मैं ग्रामीणों में से एक के साथ समय काटता हुआ देखूंगा। हाँ, मैं यही कह रहा हूँ। झूलते हुए भाई को मेरे साथ जाने दो। इसका क्या मतलब है? माथा खराब हो गया है। अरे भाभी, यह सुलभ नहीं है। हां लेकिन हर चीज में नहीं। यह कह कर वह किस्से सुनाने लगा। यदि आप इसे थोड़ा पकड़ेंगे, तो यह समाप्त नहीं होगा। हां। इसलिए तुम इतने बड़े हो। मैं इस पर एक नजर डालूंगा। तुम्हें पता है, लड़के इसे देखते ही मदहोश हो जाते हैं। हाँ, शहर में ऐसा ही होता है। मैं ग्रामीणों में से एक के साथ समय की कटौती देखूंगा। हाँ, मैं यही कह रहा हूँ। झूलते हुए भाई को मेरे साथ जाने दो। इसका क्या मतलब है? माथा खराब हो गया है। अरे भाभी, यह सुलभ नहीं है। हां लेकिन हर चीज में नहीं। यह कह कर वह किस्से सुनाने लगा। यदि आप इसे थोड़ा पकड़ेंगे, तो यह समाप्त नहीं होगा। हां। इसलिए तुम इतने बड़े हो। मैं इस पर एक नजर डालूंगा। तुम्हें पता है, लड़के इसे देखते ही मदहोश हो जाते हैं। हाँ, शहर में ऐसा ही होता है। मैं ग्रामीणों में से एक के साथ समय की कटौती देखूंगा। हाँ, मैं यही कह रहा हूँ। झूलते हुए भाई को मेरे साथ जाने दो। इसका क्या मतलब है? माथा खराब हो गया

है। अरे भाभी, यह सुलभ नहीं है। हां लेकिन हर चीज में नहीं। यह कह कर वह किस्से सुनाने लगा।

43   परीक्षण का एक महीना हो गया है। परिणाम आने में अभी काफी समय लगेगा। यह एक बड़ी छुट्टी का समय है। नाहिद के पिता अब खेती में काम नहीं करते हैं। लोग अच्छाई और बुराई देखते हैं। इस बार समाज के कई लोग धुन बजा रहे हैं. रमजान मातब्बर के जाने के बाद सादिक मुख्य मातब्बर है। इस बार ग्राम सभा बुलाई जाएगी। वहां नई कमेटी बनाएंगे। उन्होंने कुछ आवाजें भी उठाईं। सादिक का सिर खराब है। मस्जिद का पैसा, कर्बला का पैसा, समाज का पैसा खाया जा रहा था. मैं अब यह नहीं समझता। साला करीम कहां से आ रही हैं और सब कुछ शेयर कर रही हैं। मैं फिर सुन सकता हूं कि उन्होंने राजधानी में अपना घर बना लिया है। इतना पैसा कहां से लाए? अब काम नहीं कर रहा। वह अपने शरीर पर हवा डालता है और घूमता है।   साला खेत में मेरे समाज से आय के रास्ते को खत्म कर रहा है। क्या उसे सड़क से नहीं हटाया जा सकता चाचा? नहीं, यह वरदान है। नहीं, हम ऐसा नहीं कर सकते। एक और रास्ता देखना चाहिए। 44

44

कंपनी का उद्घाटन सुबह होगा। काम जोरों पर है। नाहिद सुबह निकल गया। बहुराष्ट्रीय कंपनी। समूह उद्योग। ऐसा भी नहीं यहां

मिल सकता है। बड़ी कंपनी। कई कंपनियां यहां से ऑर्डर नहीं देती हैं। ऐसी कंपनी। बहुत से लोग। बड़ी कंपनी के मालिक और उच्च पदस्थ अधिकारी हैं। नाहिद हो या मां ने सबके सामने लाल रिबन काटा। नाहिद के ने रिबन काट कर मीठा बनाया। और नाहिद ने अपने माता-पिता को खाना खिलाया। कार्यालय के उद्घाटन की प्रक्रिया दोपहर एक बजे तक चली।

45

वोट रिजल्ट का दिन……

लूसिया पंचायत चुनाव के नतीजे आज हैं. पूरा देश सुबह से ही शोर मचा रहा है. आगे क्या होगा। स्थानीय सरकार ने इस पर जबरदस्ती कब्जा कर लिया है। क्योंकि इस राज्य में पीपुल्स पार्टी की सरकार है। लेकिन जहां विपक्ष का खेमा मजबूत है, वहां चुनाव नहीं हो सकते। थमथमपुर पंचायत चुनाव में कुछ नए चेहरे हैं। करीम शेख, बकुल मास्टर, नफीज डॉक्टर, सुलेमान और इदरीस। वे समाजवादी पार्टी के समर्थक हैं। दूसरी ओर, सादिक, रमजान, शफीकुल और नजीब। वे पीपुल्स पार्टी के समर्थक हैं।

साबिर अली गैर पार्टी से बूथ नंबर एक पर हैं, नतीजों की गिनती की जा रही है. पंचायत में। यहाँ यही नियम है। दोपहर को। परिणामों को अंतिम रूप दे दिया गया है। नवनिर्वाचित सदस्य जनता बन गए।

बूथ नंबर 1, साबिर अली (स्वतंत्र पार्टी)बूथ नंबर 2, करीम शेख (सोशलिस्ट पार्टी)बूथ नंबर 3, बकुल मास्टर, ("" ")बूथ नंबर 4, नजीब मिया (पीपुल्स पार्टी)बूथ नंबर 5 पर इदरीस अली, (सोशलिस्ट पार्टी)

फलों की घोषणा समाप्त हो गई है। प्रधानमंत्री और राष्ट्रपति ने नवनिर्वाचित प्रतिनिधियों का स्वागत किया। थमथमपुर पंचायत के लोगों ने पीपुल्स पार्टी का सफाया कर दिया है। केवल एक सदस्य। वह एक गैर पार्टी से चुने गए थे। नवनिर्वाचित निर्दलीय सदस्य ने कहा कि वह सोशलिस्ट पार्टी के साथ रहेंगे। सात को पंचायत का गठन किया जाएगा। नवनिर्वाचित प्रतिनिधियों ने बकुल मास्टर को पंचायत अध्यक्ष मनोनीत किया है। और सोशलिस्ट पार्टी के पहले अध्यक्ष करीम शेख सह-अध्यक्ष होंगे। साबिर अली रमजान में गैर दलीय सीट से निर्वाचित हुए हैं।

46पंचायत चुनाव के नतीजे आने के दस दिन बाद... पंचायत चुनाव के नतीजे आने के दस दिन बाद हायर सेकेंडरी का रिजल्ट आ गया. उन्हें परीक्षा में नाहिद फास्ट बेंच मिली। रीना सेकेंड बेंच। नाहिद सोनारपुर में पढ़ेगा। क्योंकि इस बार सभी वहां स्थाई रूप से जाएंगे। देश की हाई यूनिवर्सिटी में पढ़ेंगे।नतीजे घोषित होने के कुछ घंटे बाद नाहिद के मोबाइल पर फोन आया। मान्यता संख्या। यह कई बार बज रहा है। न देखने का नाटक करना। नाहिद रीना को

भूलना चाहता है। लेकिन नाहिद के लिए इसे भूलना नामुमकिन है. फिर भी फोन रिसीव नहीं किया। साथ ही कंपनी के विभिन्न लोग माला पहनाकर अभिवादन कर रहे हैं। उन्हें अनेक सम्मान। क्या वह अब गरीब है? समय का सार है।रीना पूरे दिन फोन करती रही लेकिन कोई जवाब नहीं आया। आज नाहिद के सीने में बहुत दर्द है। कुछ गम भुलाने के लिए वह बार में भी गया और शराब पी। लेकिन सीने में दर्द और क्या बढ़ रहा है। प्यार के दर्द को भुलाया नहीं जा सकता। नाहिद रीना को अपनी जिंदगी में सबसे ज्यादा प्यार करता है। लेकिन उसे समझ नहीं आता कि रीना ने उसे धोखा क्यों दिया। रीना ऐसी लड़की नहीं है। तो क्या रीना शहर आई और उसे एक लड़के से प्यार हो गया? सेक्स का खतरा। कहना मुश्किल है या नहीं।

46कुछ दिनों बाद ...

दोपहर में नाहिद पार्क में अकेला टहल रहा है। पार्क का वातावरण बहुत ही सुंदर है। कभी-कभी बहारपुर आता है। क्योंकि रीना यहीं रहती है। लेकिन नाहिद को रीना से प्यार होने पर नफरत का एहसास होता है। लेकिन वह रीना को पूरे दिल से प्यार करता है। पार्क के अंदर इसके बारे में कोई संदेह नहीं है। नाहिद पार्क में बैठा है। बगल में महंगी कार। कीमत करीब एक करोड़ होनी चाहिए। धूम्रपान। उसी समय एक लड़की पार्क में नदी के पानी में टहलते हुए

गिर गई। बड़ी नदी। गहरी नदी। तैर नहीं सकता। सच में नहीं पता। बहुत चीख-पुकार। लेकिन उसे उठाने वाला कोई नहीं है। शहर में कौन तैरना जानता है। ज्यादातर सभी डरे हुए हैं। आवाज सुनकर नाहिद उछल पड़ा। जीवित। लड़की हांफ रही है। बहुत डरा हुआ। कपड़े गीले हैं। नाहिद ने अपने ड्राइवर को तीन हजार रुपये दिए। एक पोशाक लाने के लिए। कुछ देर बाद वह लड़की के लिए ड्रेस लेकर आया। लड़की पार्क में केयरटेकर के कमरे में गई और बदल गई। कितनी शर्म की बात है। इस बार लड़की ने कहा। श्री। मेरे साथ आइए। मेरे घर में कहाँ। कई बार गुहार लगाने के बाद नाहिद लड़की के घर पहुंचा। महान आवास। बड़ा घर। घर में दो मंजिल हैं। लेकिन सुन्दर। घर के बगल में एक सुंदर चार मंजिला घर है। कई खूबसूरत नक्काशियों वाला पुराना घर। आ जाओ। जैसे ही वह कटोरी के पास गया, वह चिल्लाने लगा। कहानी कुछ समय के लिए अफवाह है। लगभग शाम हो चुकी है। चलो अगले घर में। बाहर आओ। क्यों। क्यों नहीं आते। अपना घर। मेरे दादाजी का घर। ओह। मैं देर से घर नहीं जा रहा हूँ। क्यों। आज हमारे घर पर रहो। ओह यह अच्छी बात है। लेकिन आप मेरी जलन को संभाल सकते हैं। क्या जलन है। क्या आपके घर में पत्नी है? कहानी जारी है। घर के अंदर से मां का फोन आया। माँ माँ। लड़की के घर का उपनाम माँ है। लेकिन अच्छे नाम हैं। माँ बताओ। आपने कॉफी खा ली है। अब चावल मत खाओ। हाँ, मेरी माँ को बहुत भूख लगी है। तुम हमें

चावल दो, हम आ रहे हैं। ठीक है, नाहिद आय तालिका में है। ठीक है, जाओ। वह वापस नाहिद के पास आया। दोस्तों, मि. चलिए चलते हैं। कहा पे। खाने के लिए मेरा मतलब है। चावल खाने के लिए। मैं अब चावल नहीं खाता। ओह हम शाम को खाते हैं। आज हमारे साथ खाओ। काफी मशक़्क़त के बाद वह खाने को तैयार हुआ। अरब। इतना खाना आंटी। पिताजी को यह क्यों पसंद नहीं आया। नहीं, मुझे इतना खाने की आदत नहीं है। मैं कम खाता हूं। कुंआ। पापा तो धंधा करो। व्यापार। मेरा छोटा व्यवसाय। और मैं क्या कहूं। नाहिद ने ग्रुप इंडस्ट्री का नाम सुना है। हां, सेटो एक बड़ी कंपनी है। वह मेरा है। क्या कहा गया। आपकी कंपनी। हाँ य़ह सही हैं। वाह वाह। इसलिए हमें टेंडर न दें। टेंडर नहीं हो पा रहा है। आप क्या टेंडर लेंगे? मम्मी के पापा जानते हैं। हमारे पास कोई व्यावसायिक अनुभव नहीं है। हमारी कंपनी भी अच्छा कर रही थी। लेकिन अचानक मैनेजर ने विदेश की उड़ान भरी। कानून के पास नहीं गया। गया। लेकिन कोई फायदा नहीं हुआ। और उसे हमारी परेशानी पसंद नहीं है। इसलिए मैं अब खुद को शामिल नहीं करना चाहता था। मांस लो, पिताजी। नहीं चाची और नहीं। इतना बीफ खाना ठीक नहीं है। माँ उठो मत साहब। शरीर फिट रहता है। मैडम फिट हैं। क्या बात है पापा? नहीं, मैं अब और नहीं खा सकता। माँ ने कहा मैं भी नहीं खाता। चलो यहाँ एक वॉशिंग मशीन है। चलिए चलते हैं। वॉशरूम में जाकर हाथ-मुंह धोते हुए बोलीं, "तुम जानती

हो कि बीफ खाने से क्या होता है." क्या होता है। अधिकता सेक्स की ओर ले जाती है। नहीं तो। आपको बड़ा ज्ञान है। अरे लड़कियों को नहीं पता। पुरुष ही जानते हैं। न ही उन्हें अकेले जानने का अधिकार है। नहीं यह नहीं। दोनों ने हाथ धोए और तौलिये से अपने चेहरे पोंछे। लेकिन मैं तुम्हें घर लौटने नहीं दूंगा। अरे, मैं बड़ी मुसीबत में पड़ गया। क्यों। कोई दिक्कत नहीं है। एक दिन के लिए इतना। अगर आप पत्नी होते तो क्या करते? माँ ने धीरे से कहा, मैं इसे अपने स्तनों में लगाता था। आपने क्या कहा? कुछ भी नहीं। मैंने नहीं सुना। मैंने सुना है कि आपने बहुत कुछ किया है। चलो फिर कहीं चलते हैं। चलिए चलते हैं। छत पर जाकर दोनों एक साथ कुर्सी पर बैठे हैं, मुस्कुरा रहे हैं और आसमान की तरफ देख रहे हैं। आसमान कितना खूबसूरत होता है। बादल कहाँ से जा रहा है? सुंदर दृश्य। शाम के वक्त जोनाक चारों तरफ बेहद खूबसूरत नजर आती हैं। सब कुछ स्पष्ट है। मानो आज रात नौ दिन की है। उसी समय घर से नाहिद के मोबाइल से फोन आया। गांव से कोई आया था। कुछ मिनट फोन पर बात करें। वह फोन को जेब में रखता है। इस माँ ने मुझे काम करने दिया। एक आपात स्थिति है। ठीक है, जाओ। मैं माँ की तरह कुछ कहूँगा। कहा कि हम दोस्त नहीं हो सकते। क्यों नहीं। हम दोस्त हैं। फिर आप करते हैं। हां बिल्कुल। अच्छा, तुम घर जाओ और फोन करो। और कल आएगा। ठीक है, कल आसब के साथ क्या होगा। काम होता है। चलो बाय नौ दिन और रात। उसी

समय घर से नाहिद के मोबाइल से फोन आया। गांव से कोई आया था। कुछ मिनट फोन पर बात करें। वह फोन को जेब में रखता है। इस माँ ने मुझे काम करने दिया। एक आपात स्थिति है। ठीक है, जाओ। मैं माँ की तरह कुछ कहूँगा। कहा कि हम दोस्त नहीं हो सकते। क्यों नहीं। हम दोस्त हैं। फिर आप करते हैं। हां बिल्कुल। अच्छा, तुम घर जाओ और फोन करो। और कल आएगा। ठीक है, कल आसब के साथ क्या होगा। काम होता है। चलो बाय नौ दिन और रात। उसी समय घर से नाहिद के मोबाइल से फोन आया। गांव से कोई आया था। कुछ मिनट फोन पर बात करें। वह फोन को जेब में रखता है। इस माँ ने मुझे काम करने दिया। एक आपात स्थिति है। ठीक है, जाओ। मैं माँ की तरह कुछ कहूँगा। कहा कि हम दोस्त नहीं हो सकते। क्यों नहीं। हम दोस्त हैं। फिर आप करते हैं। हां बिल्कुल। अच्छा, तुम घर जाओ और फोन करो। और कल आएगा। ठीक है, कल आसब के साथ क्या होगा। काम होता है। चलो बाय

46

करीम गांव आया है। राष्ट्रपति का गठन आज पंचायत में कई लोग बार-बार अलग-अलग राय आ रही है. कुछ लोग जोर-जोर से बोल रहे हैं। पंचायत सचिव ने कहा, "आप तय करें कि अध्यक्ष कौन होगा।" काफी दबाव के बाद दोनों का नाम चुना गया। बकुल मास्टर

होंगे अध्यक्ष बकुल मास्टर का नाम सुनते ही पार्टी कार्यकर्ताओं ने पंचायत में हंगामा कर दिया. बड़ा हंगामा। अंत में करीम को अध्यक्ष और उपाध्यक्ष की जिम्मेदारी दी गई। करीम अब पंचायत के मुखिया हैं। इस देश में पंचायत प्रत्यक्ष विकास है इसलिए यहां पंचायत कार्यालय है। यहां बीडीओ निर्धारित विकास नहीं है। बजट पंचायत में पेश किया जाता है। वह बजट वीडियो में जाता है। जो कानून पारित होगा वह उस क्षेत्र में चलेगा लेकिन केंद्र और राज्य के कानून को छोड़कर। दिन भर पार्टी कार्यालय में मौज-मस्ती। गांव में खाना-पीना। पार्टी उपाध्यक्ष फजलू कहते हैं, आज हमारी पार्टी का त्योहार नहीं, पूरे क्षेत्र का त्योहार है। फजलू ने क्षेत्र के लोगों का धन्यवाद किया। पार्टियां इस क्षेत्र से अगला सीनेट चुनाव भी लड़ेंगी। यहां के नियम अलग हैं। प्रत्येक क्षेत्र में एक सीनेटर होता है। सारा दिन मुबारक। रात को घर लौटा।

49

नाहिद ने घर की ओर देखा। अरे! आप कौन है मैं आपको नहीं पहचानता। तुम नहीं। हाँ, मैं इसे अभी नहीं पहचान सकता। आप अमीर नहीं बने हैं। अच्छा, माँ, तुम मुझे बताओ कि मैं उसका मज़ाक नहीं उड़ा सकता। अच्छा ठीक है मजाक मत करो। इतना कह कर नाहिद ने उनके गाल पर धीरे से किस किया। और अपना हाथ मेरी गर्दन पर रखो और कहो चलो मेरे कमरे में चलते हैं। क्यों।

अरे, तुम यहाँ मेरे लिए क्यों हो, निश्चित रूप से मेरे लिए। नहीं, मैं अपनी चाची के लिए आया था। इतनी नहीं आंटी। एफ एफ कहा पे। मेरे कमरे में। माँ, तुम बुबाई के साथ कॉफ़ी भेजो। वे दोनों नाहिद के दूसरे कमरे में हाथ में हाथ डाले चल दिए। दोनों बिस्तर पर जाकर बैठ गए। नाहिद ने जाकर बिस्तर बनाया। अब बताओ तुम कैसे हो। और मुझे बताओ कि मैं कैसा रहूंगा। आप नहीं हो। कोई रीना नहीं है। तुम दोनों मेरे सबसे अच्छे दोस्त हो। हां। घर में खुशखबरी। आप एक काम कर सकते हैं। क्या काम। प्रवेश आवश्यक नहीं है। हाँ, सेतो हमारे कॉलेज में है। नहीं, आपको यहां भर्ती कराया जाएगा। वाह! ये अच्छा है। तुम्हारे पास पैसे भी नहीं हैं। मेरे पास नहीं है। मैं गरीबों की बेटी हूं, कौन जानता है कि हमारे कॉलेज में क्या पढ़ाया जा सकेगा। तो मैं नहीं कह सकता। तुम सिर्फ मेरे दोस्त नहीं हो। आपको पता है। हम एक साथ पले हैं। में घर पर रुकूंगा। दोस्त बनकर अपने चाचा-चाची को बताऊंगा। यहां आपको कोई दिक्कत नहीं होगी। मैं किसी बड़े विश्वविद्यालय से डिग्री करूंगा। गांव का नाम रोशन होगा। यही हमें चाहिए। हम गरीब हैं लेकिन हर चीज पर हमारा अधिकार है। हाँ अल जो मुझे बहुत बकवास लगता है, ऐसा लगता है कि बीटी मेरे लिए भी नहीं है। क्यों। आप इसे हाई स्कूल में क्यों नहीं करते। नल का पानी भी लाना और खिलाना पड़ता है। ओह। लेकिन आप देखिए, हमारे जैसा कोई प्यार नहीं है। मुझे मत बताओ। हम दोनों में काफी चीज़ें मिलती हैं। अच्छा बाद में

मिलते है। कॉफी आई। कॉफी खाने की कुछ कहानियां यहां दी गई हैं। नाहिद सो रहा है। नयना ने कहा, तुम्हारी नींद पक्का भाहे तुम सो जाओ मैं चाची के पास जाता हूं। ये सही है। और मैं डाकियाँ खाने को नहीं दूँगा। खाबी क्यों नहीं। नयना गांव के घर में अपने घर की तरह और बेटी की तरह रहती थी। तो यहाँ इसका उपयोग है। सब कुछ अपना लगता है। और नाहिद का परिवार ऐसा नहीं है। वह अपनी बेटी से और भी ज्यादा प्यार करता है,

50

अरे तुम कहाँ से आ रहे हो? हाँ मैं आ रहा हूँ इसमें कुछ मिनट लगेंगे। ओह, मैं गेट के सामने खड़ा हूँ। चलो। मैं यहाँ हूँ, मैं तुम्हें देख सकता हूँ। वहां पार्किंग। तुम्हें पता है कि मैं आज लंबे समय से तुम्हारा इंतजार कर रहा हूं। ये सही है। आओ आओ। नाहिद ने अपनी मां का पीछा किया। दूसरी मंजिल पर। वह सोफे पर बैठ गया और एक किताब पढ़ी। किताब यौन थी। माँ किताब पढ़कर नीचे आई। माँ मुस्कुरा रही है। कुछ देर बाद वह कॉफी के साथ दूसरी मंजिल में दाखिल हुआ। नाहिद अभी भी किताब पढ़ रहा है। मुझे लगता है कि नाहिद के शरीर में काफी उत्साह है। माँ ने दो गिलास कॉफी छोड़ दी और पीछे से उसकी गर्दन को चूमने लगी। नाहिद के उत्साह के कारण, उसने जोर से किस करना भी शुरू कर दिया। और माँ एक बिंदु पर नाहिद के को बिस्तर पर ले गई। दोनों

बेहद उत्साहित हैं। पहुंचे तो दरवाजा बंद था। गर्म कॉफी ठंडी हो रही है। सोफे के नीचे कालीन पर किताबें पड़ी हैं। बिस्तर हिल रहा है। कर्कश आवाज होती है। उन दोनों में उत्साह की स्थिति थी। नाहिद अपने शरीर पर लेटे हुए मुलायम स्पंज की तरह अपने आप को रगड़ रही है। माँ की नाभि के शरीर के स्तन छोटे हो रहे हैं और फिर से बड़े हो रहे हैं। फॉस फॉस की आवाज होने के नाते। माँ होंठ काट रही है। माँ फिर से अपनी योनि को छू रही है। स्तन पेट अब सब कुछ खुला है। वहाँ कुछ नहीं बचा है। नाहिद के सामने अब मक्खन जैसा खाना। बस इसे खाओ। नाहिद ने खा लिया वो रीना और आज मम्मी। यह जीवन में दो बार। सेक्स कोई ऐसी चीज नहीं है अगर दोनों तरफ से अनुमति है। सेक्स पूर्ण प्रेम का प्रतीक है। नाहिद जोर-जोर से लव गेम कर रहा है। इस खेल का काम एक घंटे तक चला। अब यह ताज़ा है। उसने कोल्ड कॉफी ली और गर्मागर्म ले आया। इसे लो। अरे, तुम फिर से कॉफी ले आए। अरे इतनी मेहनत करो तो कुछ खा लो। दो उबले अंडे के साथ। क्या कोई कॉफी के साथ अंडे खाता है? नहीं, लेकिन मैं ले आया। खाने की जरूरत नहीं है। नाहिद को अब गांव की तरह शर्म नहीं आती। रीना के प्यार को कम करना एक तरह की नाराजगी है। अच्छा नाहिद, बताओ तुममें इतना टैलेंट कहाँ से आया। अंडा खाने के बाद उसने कॉफी पी और कहा, मैं कभी बाहर नहीं निकला। इसके अलावा, हम गांव के लोग हैं। अब मैं शहर में रहता हूं। अनंत धन धारण

करना। लेकिन तब मुझे इन सेक्स टेक्स पर शर्म आ रही थी। सेक्स नहीं किया। एक किसने किया। सचमुच। शायद इसलिए मैं और समय दे सकूं। नाहिद, तुम्हारे जैसा दूल्हा या दोस्त मिलना मुश्किल है। मेरा जीवन धन्य हो गया है। आप जानते हैं, मैं आपको बता नहीं सकता कि मुझे सेक्स इतना पसंद है। आप जब चाहें मेरा इस्तेमाल कर सकते हैं। मैं तुम्हारे पिता की प्रतीक्षा करूँगा। तुम्हारे दादाजी का आकार भी बड़ा नहीं है। शहर के पुरुष नहीं कर सकते। कमज़ोर। शाम को बात करते हुए। उस समय मेरी मां ने कहा कि चलो बगल के फ्लैट से वापस आ जाओ। कोई तो समझता भी है। हाँ, यह मेरे छोटे दादा का घर है। ओह। चलों फिर चलते हैं। कुछ मत कहो। मुझे बताओ क्यों। हमारे पास एक घर है। तुम्हें पता है कि उस घर में एक महान वस्तु है। क्या आंकड़ा है। लड़की का सामान हो या लड़के का सामान। लड़कीयों का सामान। तो ध्यान मत दो। अरे नहीं नहीं क्या कह रहे हो। वाह क्या बड़ा घर है। इतना सुंदर घर। बात करते-करते घर में घुस गया। प्रवेश मुझे नन्हे दादा यानी घर के बूढ़े को देखना था। हाय रिया तुम। हाँ दादा। यह कौन है निश्चित रूप से एक बॉय फ्रेंड। अरे बूढ़ा, नहीं, तुम्हें फिर से एक प्रेमी की जरूरत है। सेटो, बिल्कुल। अंदर ले लो। मैं अपनी बहन के घर जाऊंगा। ओह। दीदी को देखकर तुम मुझे भूल रहे हो। मैं जाता हूँ दादाजी। कौन। जाओ भाई। जैसे ही वह अपनी बहन के घर आया, नाहिद और उसकी मां या पिछली बहन रिनर पर बिजली गिर गई। और ये हो

गया। और आप। यह हमारा घर है। रीना की आंखों से आंसू छलक पड़े। दोनों के बीच बिजली है। नाहिद ने रिया से कहा, रिया, यहां से निकल जाओ। मैं यहां एक पल के लिए नहीं रहना चाहता। क्यों। मुझे नहीं पता क्यों। मैं रुकना नहीं चाहता, इसलिए नाहिद बाहर आ रहा है। उसी समय रीना ने कहा, "रुको।" . तुम मुझे देखने क्यों जा रहे हो? मुझे अब आपसे नफरत है। तुम शहर में आए और अपना विवेक भूल गए। तुम मूर्ख हो गए हो। मैं तुमसे बात नहीं कर सकता। और अगर मुझे पता होता तो मैं इस घर में न आता। रिया मेरी दोस्त है इसलिए मैं मिलने आया था। मेरी बात सुनो। यह मेरी गलती नहीं है। सब पापा की गलती है। पिता का दोष क्यों। मैं आपको सब कुछ बता रहा हूं।

(पिछली कहानी)उस रात पापा मेरे घर आए थे, क्या कर रही हो मां। मैं सोच रहा हूं कि और क्या करूं, मैं नाहिद को फोन करूंगा। मैंने गाँव छोड़ दिया। कौन जानता है कि क्या होगा। कॉल करने की जरूरत नहीं है। मैं उसे सरप्राइज दूंगा। क्या आश्चर्य है पिताजी। मैं परीक्षा के बाद उसे नौकरी दूंगा। साथ पढ़ाई भी करेंगे। फिर मैं शादी के साथ छुट्टी लूंगा।

पिताजी ने मुझसे वादा किया था इसलिए मैं संवाद नहीं कर सका। इतना कहकर वह जोर-जोर से रोने लगा, तभी रीना की मां अंदर आ गई। वह घर के बाहर से सब कुछ सुन रहा था। हां पापा, इसमें

कुछ गलत नहीं है। दिन भर उदास। मैं अच्छा नहीं खाता। उसके पिता दिन भर काम करते हैं। मैं घर पर नहीं रहता। आंटी अस्सलामु अलैकुम। हाय पिता। अंकल को ऑफिस का मतलब समझ नहीं आया। रीना की मां सारी बात बताती है। अंत में नाहिद सब कुछ समझ जाता है। क्या खुशी नाहिद और रिनर। लेकिन रिया की मां का दिल पूरी तरह टूट चुका था. उसे एक दिमाग उड़ाने वाला सेक्स पार्टनर मिला। क्या लड़का सुन्दर है? फिगर भी खूबसूरत है। फिटनेस बॉडी। दोनों दिन भर इधर-उधर घूमते रहे। लेकिन नाहिद ने कभी नहीं कहा कि वह करोड़पति हैं। देश की राजधानी में बड़े-बड़े घर और कंपनियां हैं। इतने कम समय में उन्होंने तरक्की की है।

51

नयना को उसके माता-पिता की अनुमति से सोनारपुर विश्वविद्यालय में भर्ती कराया गया था। नाहिद और नयना को एक साथ भर्ती कराया गया है। उन्होंने बहारपुर में एक घर भी बना लिया है. पांच मंजिलें। इस घर में कभी कभार आता है। रात बिताता है। रिया को यह घर दिखाया गया था। घर नदी के किनारे स्थित है। यह घर एक सुखद माहौल में रहने के लिए बनाया गया था। रीना और नाहिद समय-समय पर मिलने आते रहते हैं लेकिन घर नहीं दिखाते। उसने आज फोन किया और घर का पता बताया। रीना ने आकर दरवाजा

खटखटाया। घर में कोई नहीं है। कोई पहरेदार नहीं हैं। शुनशान। घर के बाहर से लेकर अंदर तक कई खूबसूरत कलाकृतियां हैं। नाहिद ने उसका स्वागत किया और उसे अंदर ले गया। नाहिद के कमरे में। रीना को बैठने के लिए कहने के लिए नाहिद दूसरे कमरे में आया। कॉफी सन में बनाई गई थी। उसने सन और मग के साथ रीना में प्रवेश किया। नाहिद कॉफी ने रीना से कहा, नाओ बेबी। यह आपके लिए है। कॉफी खाते समय बात करना। नाहिद ने कॉफी खत्म की और रीना के पास बैठ गया। रीना पलंग पर पैर लटकाए बैठी थी। बेशक, सोफा था। रीना ने नाहिद को लेटा देखा और कहा, क्या मायने रखता है कि आप लेटते क्यों हैं। उस तरह नही। आप अपनी कहानी बताओ। मैं फिर से क्या कह सकता हूं। कोई बात नहीं। तुम सच में कितनी खूबसूरत हो। इतना कहकर वह हाथ हिलाने लगा। आज आप किस चीज से उत्साहित महसूस करते हैं? उत्साहित क्यों नहीं दिखते। शायद। खैर, मुझे कहानी न दिखाने का फायदा टीना को होगा। रीना ने लंबे समय से सेक्स नहीं किया है। उसने अपना पहला सेक्स नाहिद के घर पर किया था। रीना पीठ के बल लेट गई। कहानी सुनाते हुए नाहिद रीना के सीने पर चढ़ गया। आज वह कुछ करे तो कोई बात नहीं। मैं नहीं छूऊंगा। इतना कह कर वह अपने गाल को उंगली से हिलाने लगा। गुदगुदी। रीना हंसती रहती है। रिनर बड़बड़ाया। पैरों में झुनझुनी। चूमना और रगड़ना, गर्दन से नाभि तक। रीना के पूरे शरीर में जलन होती है। छाती पर

मलने लगा। उन दोनों के लिए यह गर्म हो जाता है। नाहिद अपने हाथों से पेट में। रीना का शरीर फूला हुआ है। उन दोनों ने कुछ घंटे बिस्तर पर बिताए। गले की नाभि में। रीना के पूरे शरीर में जलन होती है। छाती पर मलने लगा। उन दोनों के लिए यह गर्म हो जाता है। नाहिद अपने हाथों से पेट में। रीना का शरीर फूला हुआ है। उन दोनों ने कुछ घंटे बिस्तर पर बिताए।

52

पंचायत में सत्र जारी रहेगा। प्रथम पंचायत का प्रथम अधिवेशन। नए सदस्य। सब कुछ नया है। पंचायत में नवनिर्वाचित सदस्य उपस्थित हुए हैं।पंचायत के सचिव अध्यक्ष हैं। यहां के नियम अलग हैं। सब बैठे हैं। बजट पेश कर रहे हैं नाहिद के पिता करीम. दिन भर में कुछ अच्छे बजट पेश किए गए। एक कानून चल रहा है। हर कोई एक-एक कर अपनी राय दे रहा है. नाहिद के पिता बजट के बारे में बता रहे हैं। शाम का सत्र समाप्त हुआ। लगातार एक सप्ताह। यह इस देश की स्वायत्तता है।

53

दो साल बाद ......

आज नाहिद की शादी का दिन है। बहुत से लोग। बहुत भीड़भाड़ वाला शादी का घर। समारोह का आयोजन गांव में किया जा रहा है।

रिनर ने नाहिद से शादी की। आज दोनों बहुत खुश हैं। कौन जानता है कि फूलों की व्यवस्था की रात क्या होगा। शायद कुछ भयानक होगा.....

ख़त्म होना

(कुछ शब्द)

प्रिय पाठक। पुस्तक केवल पहला खंड है।

पाठकों को उद्देश्य बताया जा रहा है। शायद लेखक सोचता है कि वह बिल्कुल असभ्य है। लेकिन वर्तमान में समाज के अंदर या बाहर क्या हो रहा है, इस पर ही प्रकाश डाला गया है। हमारे समाज में कई ऐसे लोग हैं जो बुरे कामों में लिप्त हैं। इसलिए इन चीजों से परहेज करें। अंत में यही कहा जा रहा है।

धन्यवाद